KB093270

짐승처럼

임솔아

짐승처럼

임솔아

소설

PIN

047

차례

짐승처럼   9

작품해설   140
작가의 말   158

PIN

047

짐승처럼

임솔아

✝

마지막으로 유나가 목격된 곳은 산동사거리에서 10미터 정도 떨어져 있는 8차선 도로였다. 한 여자가 유나를 발견했다. 여자는 한참 동안 유나를 지켜보았다. 천안과 아산, 음봉을 잇는 그 도로는 사고가 잦은 장소였다. 음봉의 공장 단지를 오가는 화물 트럭과 천안, 아산을 오가는 출퇴근 차량으로 늘 북적였다. 보기에는 단순한 구조의 사거리 같았지만 사거리를 지나는 순간, 좌회전과 직진 차선이 하나씩 줄어들었다. 교통사고가 빈번했다. 1년에도 수십 번씩 뉴스에 나왔다. 여자는 그 자리에서 사고를 목격한 적이 있었다. 저녁 늦은 시간이었다. 그때도 손만두를 포장해 가던 길이었다. 새카만 무언가가 지나갔다. 자전거였다. 라이트나 반사판이 없었다. 위험한데, 여자는 생각했다. 화물 트럭이 여자의 눈앞을 스쳐 갔다. 뒤늦게 자전거를 발견한 트럭 운전사는 핸들을 꺾었다. 인도를 침범하며 중심을 잃었다. 전신주를 들이받고 나서야 트럭은 멈추었다. 트럭 운전사가 크게 다치거나 죽었을 거라고 여자는 생각했다. 다음 날 아침 뉴스를 통해서 부상자가 없다는 사실을 알게 되었다. 구겨진 깡통처럼 찌그러져 있던 운전석을 여자는 떠올렸다. 한동안 여자는 만두를 사러 가지 않았다. 기적이 두 번이나 일어날 것 같지 않았다. 누군가가 다치는 장면을 두 눈으로 보고 싶지 않았다. 아이가 유난히 좋아하지 않았더라면 다시는 만두를 사러 가지 않았을 거였다. 유나는 발걸음이 유난히 가벼웠다고 했다. 리듬을 타듯 머리를 끄덕거리면서, 무단 횡단을 하고 있었다고 했다.

"이리 와. 위험해."

여자는 유나를 향해 소리쳤다. 유나는 멈춰 섰

다. 도로 한가운데였다. 고개만 돌려 여자를 쳐다 봤다. 유나는 활짝 웃고 있었다. 입꼬리가 잔뜩 올라가 있었다. 두 볼이 볼록하게 튀어나와 있었다. 눈동자에 장난기가 가득했다. 즐겁다는 표정이었다. 자동차가 유나의 눈앞을 스쳐 지나갔다. 또 다른 자동차가 유나의 뒤를 스쳐 갔다. 유나는 고개를 휙 돌렸다. 사뿐사뿐 걸어가기 시작했다. 왼쪽과 오른쪽을 둘러보지 않았다. 멈추지도 뛰지도 않았다. 앞만 응시한 채 천천히 걸었다. 여자는 비닐봉지를 쥔 채 두 팔을 휘적였다. 자동차들을 향해 수신호를 보냈다. 운전자들은 여자의 수신호를 알아채지 못했지만, 유나는 무사히 도로를 건너갔다. 집에 돌아와 찌그러져버린 만두를 꺼내어 쟁반에 담고 나서야 여자는 전단을 떠올렸다.

"개다."

만약 유나가 겁에 질린 표정을 짓고 있었더라면, 바로 알아봤을 거라고 여자는 말했다. 전단 속 유나는 그런 표정이었다. 구석에 웅크리고 앉아 고개를 푹 숙였다. 눈동자만 들어 올려 카메라 렌즈를 보고 있었다. 눈물이 차, 그렁그렁했다. 전단

속의 유나와 도로에서 목격한 유나는 완전히 다른 아이 같았다. 유나는 천안 방향으로 갔다고 했다. 부천에서 사라진 유나가 천안까지 내려와 있으리라곤 아무도 짐작하지 못했다.

— 천안이면, 별나네랑 가깝지 않나요?

소장이 단체 채팅방에 유나에 대한 새로운 제보를 공지했다. 나는 반갑게 그렇다고 답했다. 집에서 산동사거리까지는 차로 10분 거리였다.

— 유나가 별나를 찾아오고 있는 건 아닐까요?

나는 물었다. 눈물을 흘리고 있는 이모티콘이 연이어 채팅창에 떴다.

"유나가 산동사거리에 왔대."

나는 별나에게 말했다. 침대 위에 잠들어 있는 별나를 내려다봤다. 별나는 입을 연신 쩝쩝거리고 있었다. 먹는 꿈을 꾸고 있는 것 같았다. 처음 만났을 때부터 별나는 먹는 꿈을 자주 꿨다. 내가 만든 이유식을 한사코 거부하며 별나는 계속 잠을 잤다. 꿈속에서만 무언가를 열심히 먹었다. 그때에는 입 모양이 지금과는 달랐다. 혀를 동그랗게 모았다. 입을 오므려서 이빨을 감추었다. 목젖이 쉼

없이 움직였다. 젖을 빠는 모습이었다. 그때마다 나는 한 번도 본 적 없는 유나를 상상했다. 별나에게 젖을 먹이는 유나를. 별나는 젖을 빠는 꿈을 이제 가끔씩만 꾸는 듯했다. 얼마 안 가 꾸지 않게 될 꿈이었다.

소장은 산동사거리 근처를 돌아보자고 했다. 간호사는 유나가 사라진 신중동역 근처에 집중해야 한다고 했다. 여자는 자신이 본 게 유나가 맞다고 확신했다. 그러나 정작 유나가 어떤 색깔의 옷을 입고 있었는지는 기억해내지 못했다. 산동사거리는 신중동역에서 100킬로미터나 떨어져 있었다.

집 없이 떠도는 아이들에게는 몇 가지 패턴이 있다. 어른을 적극적으로 활용하여 잠자리와 음식을 해결하는 아이가 있고, 자신과 비슷한 처지의 또래와 무리를 형성하는 아이가 있다. 유나는 양쪽 다 아니었다. 그 누구와도 어울리지 않고 사라져버렸다. 유나는 깊은 밤에만 목격되었다. 사람이 거의 사라진 이후에야 조심조심 거리를 돌아다녔다. 목격된 곳들의 반경도 좁았다. 낯선 사람과 낯선 장소를 꺼렸고 새로운 모든 것을 두려워했던

유나가 과연 100킬로미터가 넘는 거리를 이동할
수 있었을까. 다른 사람의 눈에 띄지 않고 그 먼 거
리를 이동하는 것이 현실적으로 가능할까. 유나는
흔한 인상이었다. 원형탈모로 보일 정도로 커다란
가마가 두 개 있다는 것, 발가락이 여섯 개라는 것
이 특징이랄 수 있겠지만, 이런 건 쉽게 알아채기
가 어려웠다. 하릴없이 길가를 어슬렁대는 아이.
어른과 눈이 마주치면 도망부터 치는 아이. 집을
나와 떠돌아다니는 아이는 어디에나 있었다. 제보
를 받고 달려가도 허탕 치기 여러 번이었다. 유나
보다 몸집이 조금 더 큰 아이. 눈이 조금 더 작은
아이. 쌍가마가 없는 아이. 아주 비슷하지만 유나
는 아닌 아이들이었다. 여자가 본 건 유나가 아닐
거라고 사람들은 결론을 내렸다. 유나가 반복적으
로 목격된 신중동역을 더 집중적으로 탐색하기로
했다. 전단도 새로 만들기로 했다.

　사람들을 따라 지하철역 근처의 카페로 들어갔
다. 나도 몇 번 가본 적이 있는 곳이었다. 24시간
운영되는 프랜차이즈 카페였는데, 늦은 시간까지

술을 마시다 첫차를 타기 위해 찾아온 사람들이나 밤새도록 공부를 하는 사람들이 주 고객이었다. 화장실에는 휴지나 토사물이 자주 널브러져 있었다. 누군가가 떠난 테이블도 제때 정리되지 않았다. 피치 못할 사정이 아니라면 굳이 가지 않는 장소였다. 사람들은 4층 구석에 자리를 잡았다.

"2층에 더 좋은 자리가 있던데요."

나는 말했다.

"2층에는 직원이 자주 올라옵니다."

간호사가 앉으라는 손짓을 했다. 진동벨이 울렸고, 소장이 진동벨을 집었다. 주문한 것들을 쟁반에 담아 테이블로 돌아왔다. 간호사가 눈을 동그랗게 뜨고 소장에게 물었다.

"케이크를 산 거예요?"

은근한 질책이 묻어나는 목소리였다.

"처음 오셨길래요."

소장이 우물쭈물 말했다. 케이크는 처음 오프라인 회의에 참석한 나를 위한 것이었다. 다른 때에는 몇 명이 참석을 하든 커피 두 잔만 주문을 한다고. 회의가 너무 잦았다. 앞으로도 잦을 것이었다. 커피 값이나 회의 공간 대여료로 매달 몇 십만 원씩을 지출할 수는 없었다. 그 돈으로 현수막을 하나라도 더 만드는 게 나았다. 인원수대로 커피를 주문하지 않아도 그 사실을 들킬 걱정이 덜한 곳, 오래도록 자리에 앉아 있어도 눈치를 주지 않는 곳을 찾다가 사람들은 이 카페를 발견했다. 한 모금씩 커피를 나눠 마셨다. 내가 머그잔의 손잡이 오른쪽에 입술을 대면, 간호사는 손잡이 왼쪽에 입술을 대고, 소장은 손잡이 반대편에 입술을 대는 식이었다. 간호사가 가방에서 노트북을 꺼냈다. 다른 사람들이 잘 보이도록 노트북을 돌렸다.

메릴 스트리프를 똑 닮은 유나를 찾습니다.

빨간 글씨로 큼직하게 적혀 있었다. 유나의 사진 옆에 영화 「소피의 선택」에 나왔던 메릴 스트리프의 사진이 실려 있었다. 메릴 스트리프의 눈에서 굵은 눈물방울이 떨어지고 있었다.

"이건 안 될 것 같아요."

소장이 눈살을 찌푸렸다.

"왜요?"

간호사가 자신의 눈썹을 긁었다.

"요즘 아이들이 메릴 스트리프를 몰라요."

엠마 왓슨은 어떠냐고 간호사가 물었다. 엠마 왓슨이 누구냐고 소장이 물었고, 어떻게 엠마 왓슨을 모르냐는 말이 오갔다. 엠마 왓슨의 사진을 쓰되 전단에는 '헤르미온느'로 적는 것으로 합의가 되었다. 영화 「해리포터」 시리즈 시사회장에서 눈물을 흘리고 있는 엠마 왓슨의 사진을 찾아냈다.

헤르미온느를 똑 닮은 유나를 찾습니다.

"이렇게 만들어도 괜찮을까요?"

사람들이 눈을 껌뻑거렸다.

"장난스러워 보여서요."

소장이 노트북을 물끄러미 쳐다보았다.

"장난스럽기는 하죠."

소장이 혼잣말처럼 말을 이었다.

"그런데, 우는 애기는 아무도 안 보더라고요. 장난스러운 게 차라리 낫지 않을까요. 관심을 끄는 게 우선이니까."

"이미 많이 쓴 방식이라서요. 김연아였을 때 제일 빨리 찾았어요. 팬들 사이에서 짤이 돌았거든요."

간호사가 또 눈썹을 긁적이며 말했다. 어떻게
해야 더 눈에 띄는 전단을 만들 수 있을지에 대해
사람들은 고민했다. 사실 가장 효과가 좋은 건 사
례금이라고, 그보다 더 효과적인 문구는 본 적이
없다고 소장이 말했다.

"100만 원이라도 걸 수 있으면 좋을 텐데."

소장이 중얼거렸다. 간호사가 한숨을 쉬었다.
나는 테이블을 내려다보았다. 바닥을 드러낸 커피
가 한 잔, 반쯤 남아 있는 커피가 한 잔 있었다. 노
트북 화면이 꺼졌다. 간호사가 시프트 키를 눌렀
다. 절전모드에 들어갔던 노트북 화면이 다시 켜
졌다.

"곧 눈이 오기 시작할 거예요."

소장이 말했다. 결국 사례금에 대한 문구를 전
단에 적어 넣기로 했다. 그렇게 하자고 소장이 끝
까지 주장했다. 눈이 올 거라는 말 앞에서 간호사
도 할 말을 찾지 못하는 것 같았다.

"제가 다 알아서 할게요."

"어떻게요."

소장은 씩 웃었다. 언뜻 소장의 웃음은 호방해

보이기까지 했다. 소장이 짓는 표정이 낯익었다. 동생이 자주 짓던 표정이었다. 계획도, 대책도 없으면서 선의로만 가득 찬 표정. 앞으로 펼쳐질 사태를 충분히 예감하고 있으면서도 외면하는 표정. 모든 것을 짊어지려는 것처럼 보이지만 실은 아무것도 짊어지지 않을 이의 표정. 그런 표정은 묘하게도 사람의 마음을 움직이고 사람을 끌어당기는 힘이 있다는 것을 나는 경험상 알고 있었다. 자리를 고쳐 앉았다. 소장으로부터 우선 거리를 두어야겠다는 생각이 든 것이다.

"저한테 50만 원 정도 있어요."

누군가가 불쑥 말했다. 그 사람이 말하는 것을 나는 그때 처음 보았다. 그 사람은 두 손을 공손하게 모으고 있었다. 눈을 살짝 내리깐 채로 사람들의 이야기를 듣고만 있었다. 잘못을 저지르고 혼이 나기를 기다리는 아이처럼 그랬다. 그 사람이 누구인지 아무도 내게 말해주지 않았지만, 나는 알 수 있었다. 유나를 마지막으로 데리고 있던 임시 보호자일 것이다. 그날 임시 보호자는 간호사가 일하는 병원에 유나를 데리러 갔을 것이다. 심

리적으로 불안한 상태이니 한시도 눈을 떼서는 안
된다는 당부를 간호사에게 들었을 것이다. 임시
보호자는 고개를 끄덕였을 것이다. 집으로 돌아가
기 위해 유나를 차에 태우고, 서울에서 부천까지
조수석에 얌전히 앉아 있는 유나를 보고, 간호사
의 당부가 유나에게 그리 해당하지 않는다고 생각
했을 것이다. 예전에도 같이 잘 지냈는걸. 줄곧 얌
전하게 있는데. 임시 보호자는 버튼을 눌러 조수
석 차창을 열어줬을 것이다. 상쾌한 바람이 들어
오자 유나는 부드럽게 미소를 지었을 것이다. 임
시 보호자를 보며 활짝 웃었을 것이다. 유나의 웃
음이 반가운 나머지 임시 보호자는 한쪽 손을 뻗
어 유나의 머리를 쓰다듬었을 것이다. 1분도 채 지
나지 않아 달리는 차에서 유나가 뛰어내릴 것이라
고는 상상하지 못한 채.

　"저도 좀 낼게요."

　간호사가 말했다. 소장이 나를 쳐다보고 있었
다.

　"부담 갖지 마세요."

　소장이 말했다. 나는 고개를 끄덕였다. 소장이

계속 내 얼굴을 쳐다보았다.

"저도 내겠습니다."

나는 말했다.

집으로 돌아가는 길에 소장에게서 송금을 재촉하는 메시지가 왔다. 나는 소장에게 약속한 금액을 보냈다. 다른 사람들도 돈을 보냈을 것이다.

✝

첫눈이 오고 있다는 말을 들었다.

"창문 좀 열어봐. 지금 당장."

휴대폰 너머에서 동생의 목소리가 들렸다. 나는 창문을 열었다. 눈을 가늘게 뜨고 허공을 쳐다보았다.

"안 와."

다행이었다. 조금 더 많은 곳에서 눈이 내리지 않기를 바랐다.

아침에 눈을 떴더니 창밖이 하얗게 변해 있었다. 제설차도 아직 도착하지 않은 듯, 인도와 차도의 경계가 보이지 않았다. 별나가 창문 밑에 철퍼

덕 앉아 있었다. 고개를 꺾어 창밖을 올려다보고 있었다. 나는 별나를 들어 안았다. 그리고 별나와 함께 옥상으로 올라갔다. 사방이 눈이었다. 닭장이 설치되어 있는 북쪽 건물 옥상에도, 운동기구가 놓여 있는 서쪽 건물 옥상에도, 여름마다 옥수수가 자라던 남쪽 밭에도, 그 밭 너머 밭에도 눈이었다.

"별나야. 눈이 너무 많이 와버렸다."

중얼거리며 나는 나도 모르게 눈 사이에서 유나를 찾았다. 나는 종종 유나가 별나를 찾아 산동사거리까지 왔을지도 모른다는 생각을 했다. 집 근처 어딘가를 유나가 배회하고 있을지도 모른다는 생각에 사로잡혔다.

별나가 내 품 안에서 버둥거렸다. 별나는 안겨 있는 것을 좋아하지 않았다. 조금만 걸어도 안아 달라고 졸라대는 또래와는 달랐다. 걸음이 느려지고 눈가에 피곤이 내려앉고 심지어 바닥에 주저 앉게 될 때도 그랬다. 안으면 발버둥을 쳐댔다. 처음 별나를 만났을 때 별나는 소장의 품에 잘 안겨 있었다. 소장의 겨드랑이에 얼굴을 파묻고 얼굴을 바깥으로 꺼내지 않으려 들었다. 소장은 그런 별나를 억지로 떼어냈고, 나는 별나를 받아 안았다. 그때 별나는 비명에 가까운 울음을 터뜨렸다. 고개를 소장 쪽으로 홱 돌리고서, 소장의 눈을 뚫어져라 쳐다보면서. 나에게서 자신을 구해달라는 듯 악을 써댔다. 내게서 벗어나려는 별나와 그런 별나를 더 꼭 끌어안는 나. 별나는 거의 탈진 상태가 되어 잠이 들었다. 그 순간 별나에게 각인이 되었을 것이다. 누군가를 꼭 끌어안는다는 것을 누군가와의 이별로 여기게 되었을 것이다.

조심스럽게 별나를 땅에 내려놓았다. 별나의 발이 눈 속에 폭 파묻혔다. 별나는 눈의 차가운 감촉 때문에 깜짝 놀란 듯 어리둥절한 표정이었다. 눈을 바라보고, 발바닥으로 눈을 밟고 또 밟고, 그리고 웃기 시작했다.

"눈이 좋아?"

별나는 난생처음 눈을 밟은 거였다.

한번 내린 폭설은 오래도록 녹지 않았다. 쌓인 눈 위로 또 눈이 내렸다. 나는 하루에 한 번씩 별나를 데리고 옥상으로 올라갔다. 기껏해야 10분 정도였지만 별나에게 눈을 밝게 해주었다. 별나는 항상 눈을 반가워했다.

하루는 한밤중에 별나를 데리고 옥상으로 올라갔다. 창문을 연 동생이 호들갑을 떨어서였다. 옥상은 전구 하나 없이 캄캄했으나 눈 때문에 밝았다. 별나는 떠다니는 눈을 쳐다보다가 순간적으로 입을 크게 벌렸다. 콥, 소리를 내며 눈을 받아먹으려 들었다.

"별나 용감하네."

동생이 낄낄거렸다. 그리고 별나처럼 입을 벌려 눈을 받아 먹는 시늉을 하기 시작했다. 유나는 아직도 살아 있을까. 간신히 살아만 있을까. 유나도 별나처럼 이 눈을 반가워할까. 하얗게 쌓여 있던 눈이 녹고 나면 눈 밑에 깔려 있던 지저분한 것들이 드러날 것이었다. 질척거리고 축축한 것들.

아기 욕조에 따뜻한 물을 받았다. 동생과 나는 소매와 바짓단을 걷었다. 별나를 들어 욕조에 넣었다. 별나는 딱딱한 장난감처럼 얼어 있었다. 나는 바가지에 따뜻한 물을 떠 별나의 등에 끼얹었다. 별나는 내 행동을 주시했다. 손톱을 세워 내 팔을 할퀴기 시작했다. 팔에 손톱자국이 죽죽 그어졌다.

"안 돼."

나는 별나에게 말했다. 별나는 내 눈을 똑바로 쳐다보면서 내 팔을 물었다. 동생이 별나를 붙잡았다. 별나의 등을 쓰다듬자 금세 온순해졌다. 별나는 동생을 좋아했다. 동생을 졸졸 따라다녔다. 화장실까지 따라 들어가려 들었다. 화장실 발 매트에 쪼그려 앉아서 동생이 나오기를 기다렸다. 볼일을 다 보고 동생이 나오면 별나는 반가워했다. 동생은 별나에게 통조림을 퍼먹이곤 했다. 애한테 그런 걸 먹여서는 안 된다고 몇 번이나 말했지만 소용없었다.

"오늘 아침도 안 먹었다며."

동생이 통조림 따위를 먹이지 않았다면 별나가 밥을 거부하지 않았을지도 모른다.

별나를 수건으로 감싸 거실로 나왔다. 드라이기로 온몸을 뽀송뽀송하게 말려주었다. 동생이 별나의 몸에 미스트를 뿌렸다. 나는 별나의 발에 밤을 발랐다.

"좋은 냄새가 나."

동생이 별나의 겨드랑이에 코를 파묻었다. 그러곤 별나를 간지럽혔다.

"재밌었지?"

동생이 별나에게 말했다.

"재밌었니?"

나는 물었다. 동생이 고개를 돌려 나를 바라보았다. 천천히 몸을 일으켰다.

"언니, 화났어?"

동생이 물었다. 고개를 옆으로 살짝 기울이고 턱을 당겼다. 다섯 살 때와 똑같은 몸짓, 똑같은 표정, 똑같은 말투였다.

✝

일곱 살 때 내게 동생이 생겼다. 현관 문지방에 걸터앉아 있던 이모부를 기억한다. 그날 신발을 신다 말고 이모부가 뒤를 돌아보았다.

"예빈아. 나랑 같이 갈까?"

이모부는 씨익 웃었다. 나는 뒷걸음질을 쳐 엄마 옆에 바짝 붙어 섰다. 이모부는 옷가지가 들어 있는 커다란 가방을 한쪽 어깨에 멨다.

"이 가방에 예빈이도 넣어 가야겠다."

이모부가 지퍼를 여는 흉내를 냈다. 나는 이미 그 가방에 담긴 적이 있었다. 지난 크리스마스였다. 이모부와 이모, 사촌 동생 채빈이 우리 집에 왔었다. 나는 산타클로스에 대해 이야기했다. 선물을 받고 싶다고 했다. 산타클로스가 사실은 망태 할아버지라고 이모부는 말했다. 선물을 줄 것처럼 집으로 찾아와서 못된 아이들을 주머니에 넣어 간다는 것이었다. 그러곤 나를 번쩍 들어 가방에 욱여넣기 시작했다. 나는 울었다. 사람이 왜 그렇게 못됐냐며 이모가 이모부의 팔뚝을 찰싹찰싹 때렸다. 맞은 부위를 한쪽 손바닥으로 문지르면서도 이모부는 웃고 있었다.

이번에도 저 가방 속에 나를 집어넣으려 한다면, 나는 이모부의 팔뚝을 물어버릴 생각이었다. 엄마가 그렇게 하라고 했다. 울지 말고, 물어버리라고. 그러나 이모부는 아직 멀었느냐며 이모를 부를 뿐이었다. 이모는 부엌 식탁에서 잔치 음식을 챙기고 있었다.

"예빈이가 이모부 딸 하자."

이모부가 말했다. 개를 부르듯 손끝을 까딱거렸다. 나는 엄마의 소매를 꽉 붙잡았다. 엄마를 올려다봤다. 엄마는 웃고 있었다. 이모가 비닐봉지들을 들고 부엌에서 나왔다.

"아빠 간다, 채빈아."

이모부가 채빈을 향해 손을 흔들자, 채빈이 울음을 터뜨렸다. 채빈은 할머니의 품에 잡혀 있었다. 할머니가 빨리 가라는 손짓을 했다. 검은색 철제 현관문이 닫혔다. 채빈이 할머니의 품을 벗어나 현관으로 뛰쳐나갔다. 현관문 손잡이를 잡으려 했을 때, 엄마가 채빈의 손을 낚아챘다. 그러곤 현관문을 잠갔다. 나는 기다리고 있었다. 우리 채빈이, 놀랐지? 이모는 문을 열며 물을 것이었다. 채빈은 이모의 품에 안길 것이었다. 딸꾹질을 하다가 금세 잠이 들 것이었다. 머리카락이 식은땀으로 축축해진 채빈을 안고서 이모는 이번에야말로 작별 인사를 할 것이었다. 명절마다 이모부는 같은 장난을 쳤다. 자기 딸을 버리고 떠나는 장난. 자기 딸 대신 나를 데려가겠다는 장난. 그때마다 나는 엄마 옆에 꼭 붙어 있었다. 그날은 현관문이 다시 열리지 않았다.

"예빈아. 이제 네가 진짜 언니다."

할머니가 말했다. 나는 고개를 끄덕였다. 채빈이 내 동생이라는 말도 이모부가 자주 하던 농담이었다.

"네 동생이잖아. 기억이 안 나?"

그때 나는 옆집 동생을 떠올렸다. 옆집에 나보다 한 살 어린 동생이 살았다. 옆집 동생과 나는 자주 어울려 놀았다. 어른들은 언니인 네가 동생을 잘 돌봐야 한다고 말했다. 채빈이 동생이라는 말도 같은 종류의 것으로 나는 이해했다. 채빈이 진짜 내 동생일 거라고는 상상하지 못했다. 나는 쭉 외동딸이었다. 엄마와 둘이 살았던 기억뿐이었다. 따지고 보면 채빈은 내게 옆집 동생보다도 먼 존재였다. 이모와 이모부가 채빈을 데리고 집에 자주 찾아오기는 했지만, 그래 봤자 몇 달에 한 번씩 보는 사촌에 불과했다. 내가 네 살이었을 때 두 살이었던 채빈을 엄마가 이모에게 맡겼다는 것과 3년이 지나고 나서야 채빈을 다시 데려오게 되었다는 것을 나는 전혀 알지 못했다. 이모부의 지독한 장난은 장난을 가장한 진심이었을 것이다. 채빈과 나를 번갈아가며 울리면서, 하루빨리 네 자식을 데려가라는 말을 이모부는 엄마에게 하고 싶었던 것이다.

채빈은 울다 지쳐 잠들었다. 그리고 다시 깨어
났다. 여기가 어디냐고 물었다. 엄마는 손수건에
물을 적셔 침이 허옇게 말라붙은 채빈의 입가를
닦아주었다. 집으로 가고 있는 중이라고 엄마가
말했다.

"우리 집에 가?"

채빈이 물었다.

"그래. 집에 가."

채빈은 금세 다시 잠들었다.

다음 날 아침에 눈을 떴을 때, 채빈이 우리 집을
어슬렁거리고 있었다. 입을 벌린 채 어리둥절한
눈빛으로 두리번거리고 있었다.

"어디지, 여기?"

채빈이 물었다.

"우리 집."

"우리 집 간댔는데?"

채빈은 이불을 들춰보고, 베개를 들춰보고, 식
탁 밑을 들여다보았다. 우리 집 어딘가에 자기 집
이 숨겨져 있기라도 한 것처럼 찾아다녔다. 엄마
가 일어나 세수를 하고 아침을 차리는 동안에도

그랬다. 우리 집 간댔는데? 중얼거리며 화장실 변기 커버를 들어 올렸다. 신발장을 열어보았다. 엄마가 채빈을 잡아 밥상에 앉혔다.

"채빈아. 이모가. 아니, 내가. 채빈이 엄마야."

엄마가 채빈의 손을 꼭 쥐었다.

"여기가 진짜 우리 집이야."

채빈은 멀뚱멀뚱한 표정으로 엄마를 쳐다보았다. 채빈의 표정이 조금씩 일그러졌다. 힘을 주며 엄마의 손에서 자기 손을 빼냈다. 어깨를 들썩이며 씩씩거리기 시작했다. 엄마가 채빈의 밥그릇에 감자조림 한 개를 올려놓았다. 채빈은 그것을 손으로 덥석 잡아 엄마를 향해 던졌다.

"나가 뒤져."

채빈이 외쳤다. 그런 말을 어디서 배웠냐고, 이모부가 너한테 그런 말을 했느냐고 엄마는 물었다. 채빈은 답하지 않았다. 굵은 눈물방울이 뚝뚝 떨어졌다. 결국 엄마와 나만 밥을 먹었다. 다음 끼니도 채빈은 거부했다. 밥상 앞에 앉아 입을 내밀고 반찬들만 노려보았다. 그러나 엄마가 냉장고에서 야쿠르트를 꺼내 빨대를 꽂아 주자, 채빈은 그

것을 두 손으로 받았다. 야무지게 입술을 모아 야
쿠르트를 마셨다. 다 마시자 자기도 모르게 헤, 소
리를 내며 활짝 웃었다.

"맛있어?"

엄마가 물었다. 채빈은 금세 무표정한 얼굴로
돌아갔다. 복숭아맛 요플레와 카스텔라, 지렁이
모양의 젤리도 채빈은 잘 먹었다. 그것들만 잘 먹
었다.

"야쿠르트만 먹여서 키운 거야."

채빈의 입안에 억지로 칫솔을 집어넣으며 엄마
가 중얼거렸다. 채빈은 칫솔이 자기를 죽이기라도
할 것처럼 버둥거렸다. 헛구역질을 해댔다. 엄마
의 손길은 억셌다. 채빈과 엄마의 얼굴이 동시에
벌겋게 달아올랐다.

✝

　채빈이 온 이후로 엄마와 함께 잠을 자게 되었
다. 가운데는 엄마, 오른쪽은 나, 왼쪽은 채빈의 자
리였다. 채빈은 베개를 들고 내 옆으로 옮겨 왔다.
이불 속에서 채빈은 내 손을 꼭 붙잡았다. 나는 채
빈의 손을 떼어냈다. 채빈이 내 팔에 자기 팔을 가
져다 댔다.

　채빈은 엄마를 피해 다녔다. 엄마가 말을 걸면
식탁 밑으로 들어갔다. 소파 밑에 숨어 있는 강아
지처럼 자세를 낮추고 엄마를 올려다보았다. 엄마
는 야쿠르트를 흔들며 채빈을 부르거나, 허리를
숙여 식탁에서 채빈을 끄집어내려 했다. 채빈은

짐승처럼 괴성을 질렀다. 그러나 엄마가 외출했을 때 채빈은 스스럼없이 내게 말을 걸어왔다. 색칠놀이 공부를 같이 하자, 종이 인형을 오려달라 졸랐다. 채빈은 내 장난감 중에서 만져도 되는 것과 만져서는 안 되는 것을 눈치껏 구분했다. 아빠 역할이 있다는 것 때문에 내가 소꿉놀이를 싫어한다는 걸 알았고, 병원놀이에서는 조수 역할을 자처했다. 괴성 같은 것은 지르지 않았다. 그러나 채빈이 곧잘 말을 한다는 얘기를 나는 엄마에게 하지 않았다. 나는 같이 놀자고 말하면서도 채빈을 무시했다. 학교놀이를 하면서 30센티미터 자로 채빈의 손바닥을 때렸다. 씨름을 하자면서 채빈의 다리를 걸어 넘어뜨렸다. 일어나면 넘어뜨렸고, 또 넘어뜨렸다.

"언니, 화났어?"

채빈이 물었다.

"병아리."

그때 채빈이 처음으로 엄마에게 말을 건넸다. 시장에서 한 남자가 종이 박스에 병아리를 담아

팔고 있었다. 엄마는 구루마를 놓고 쪼그려 앉아 채빈과 눈높이를 맞췄다.

"병아리가 좋아?"

채빈이 고개를 끄덕였다.

"말로 해봐, 채빈아."

"병아리가 좋아."

그래서 병아리는 우리와 함께 살게 되었다. 병아리를 데려온 이후부터 채빈은 말을 곧잘 했다. 자신이 병아리 이름을 짓기 위해서였고, 병아리를 부르기 위해서였다.

엄마는 병아리가 체온을 유지할 수 있도록 종이박스 집을 스티로폼 박스 집으로 바꿔줬다. 바닥 한쪽에는 모래를, 다른 쪽에는 왕겨를 깔고 백열등도 설치했다. 백신과 영양제도 물에 섞어 먹였다. 집에 온 지 20일 만에 병아리는 중닭이 되어갔다. 목이 길어지고 솜털이 빠지기 시작했다. 꼬리깃털이 자라났다. 울음소리도 바꿔어갔다. 삐약, 하고 울다가, 꾸룩꾸룩, 했다.

어느 날 닭이 기괴한 소리를 내며 안절부절못했다. 발톱으로 땅을 파고 꼬리를 움찔거렸다. 알이

나왔다. 그제야 병아리가 암컷이라는 사실을 알게
됐다. 닭은 더 이상 병아리가 아니게 되었지만 채
빈은 여전히 '삐약이'라고 불렀다.

삐약이는 방에 들어가기 위해 부리로 노크를 할
줄 알았다. 이름을 불렀을 때 쓸데없이 부르는 것
인지 간식을 주려고 부르는 것인지 구분했다. '이
리 와' 하며 손뼉을 치면 날아올라서 안길 줄도 알
았다. 채빈이 춤을 추면 꼬리를 흔들며 같이 춤을
췄다. 채빈은 삐약이와 가족이 되어가자 우리도
가족으로 받아들이는 것 같았다. 엄마는 그 점을
잘 활용했다. 채빈이 가지볶음을 먹어야 닭에게도
상추 간식을 줄 수 있다는 식으로. 채빈이 치과에
다녀와야 닭장에서 닭을 꺼낼 수 있다는 식으로.
채빈은 잠자코 치과 치료를 받았다. 이렇게 의젓
한 꼬마 숙녀는 처음 본다고 치과 의사가 말했다.
채빈은 집에 닭을 풀어놓았다. 닭은 목을 끄덕거
리면서 느릿느릿 걸어 다녔다. 깃털과 함께 비듬
이 날렸다. 집은 닭똥밭이었다. 엄마가 가끔 따뜻
한 물로 닭을 씻겨주었지만 닭똥 냄새를 지울 수
는 없었다. 엄마도 어느 순간부터는 손을 놓다시

피 했다.

엄마가 마트에서 일을 하는 동안 채빈과 나는 교회에 가 있곤 했다. 그곳에서 끼니를 해결했고, 공부를 했고 놀이도 했다. 같은 교회에 다니는 102호 아주머니네 집에 가기도 했다. 아주머니는 슬라이스 치즈나 떡, 견과류 같은 간식을 우리에게 내주었다. 채빈을 데리고 바깥에서 놀다가 갑자기 화장실에 가고 싶을 때, 채빈과 나는 102호로 달려갔다. 그곳 화장실을 우리 집처럼 사용했고, 그곳 거실에 앉아 텔레비전을 보았다. 엄마는 교회 사람들과 어울리는 데에 열과 성을 다했다.

삐약이와 함께 잔디밭에 나가 달리기를 했다. 지렁이와 벌레 같은 것을 잡아먹는 걸 도와주었다. 나도 삐약이를 좋아했다. 그러던 어느 날, 채빈이 병아리를 또 데려왔다. 오늘 팔리지 않으면 병아리들은 죽게 될 것이라고 병아리 장수가 말했다고 했다. 채빈은 남아 있던 병아리 여덟 마리를 모조리 데려왔다. 그중 세 마리는 며칠 만에 죽었고, 나머지는 모두 잘 자랐다. 엄마가 어떻게 삐약이를 키워내는지 채빈은 눈여겨보았었다. 내부 구충제와 외부 구충제를 먹이고 기초 접종을 했다는 것까지. 채빈은 엄마에게 그것들을 요구했다. 아무리 커다란 닭장을 가져와도 여섯 마리가 살기에는 비좁았다. 엄마는 작은방을 통으로 닭들에게 내주었다.

　여섯 마리 중 네 마리는 수탉, 두 마리는 암탉이었다. 암탉이 알을 낳기 시작하자, 수탉들은 본격적으로 서열 싸움을 시작했다. 싸움은 울음소리로 시작되었다. 꼬끼오, 하고 한 마리가 울면 다른 수탉이 더 큰 소리로 울었다. 두 마리는 깃을 빳빳하게 세우고 눈을 부라리며 서로의 주변을 돌았다. 한 마리가 날개를 펼치고 발톱을 세워 다른 닭을 덮쳤다. 닭의 벼슬이 뜯겨나갔다. 피가 흘렀다. 뒤통수나 등 깃털이 모조리 뽑히거나 날개가 찢어졌다. 방은 투계장을 방불케 했다. 싸움에서 이긴 수탉은 의기양양하게 암탉 위에 올라탔다. 서열은 자주 바뀌었다. 수탉들은 번갈아가며 하루에도 수십 번씩 암탉 위에 올라탔다. 암탉들의 꼬리털이 다 빠져버릴 정도였다. 수탉 한 마리당 암탉 열 마리 정도가 있어야 닭들의 평화가 유지된다는 사실을 뒤늦게 알았다. 나는 삐약이를 구해주기 위해 작은방으로 들어갔다. 삐약이를 들어 안자 수탉들이 날아올랐다. 나는 닭들을 뿌리치고 삐약이를 꺼내 왔다. 암탉 한 마리가 사라진 그날, 수탉들은 더욱더 거칠게 혈투를 벌였다. 수탉 한 마리가 죽었다.

닭 한 마리가 콧물을 흘리고 있었다. 입을 벌린 채 숨을 몰아쉬었다. 호흡기 질환이었다. 엄마가 원기소와 마이신을 사 왔다. 물에 타서 먹였다. 그러나 다른 닭에게도 증상이 나타나기 시작했다. 부드러웠던 닭의 몸이 딱딱하게 굳어가는 것을 채빈은 지켜보았다. 닭은 한 마리씩 차례대로 죽었다. 삐약이는 마지막으로 죽었다. 나는 그제야 울음을 터뜨렸다. 삐약이가 죽었는데 마음이 아무렇지도 않다는 게 끔찍해서 터진 울음이었다.

엄마는 닭똥으로 더러워진 이불과 행거를 버렸다. 방은 깨끗해졌지만 여전히 닭 냄새가 났다. 채빈은 말수가 줄어들었다.

"병아리 다시 키울까?"

엄마가 물었다. 채빈은 아니라고 했다. 대답만 하지 말고 말을 길게 하라고 엄마는 당부했다.

"병아리 데려오기 싫어."

그때뿐이었다. 자신의 바깥으로 말을 내뱉어야 할 만큼 무엇인가를 원하지 않게 된 것 같았다. 그게 엄마를 더욱 답답하게 만들었다.

채빈은 혼자 작은방에 들어갔다.

"싸우면 돼요, 안 돼요. 또 피가 나잖아."

채빈은 없는 닭들과 놀았다. 닭들에게 모이를 주고, 닭들을 재우고, 간호하고, 싸움을 말렸다.

나는 그것을 대수롭지 않게 여겼다. 채빈과 내가 했던 다른 놀이들과 별반 다르지 않았다. 우리는 의사와 간호사가 되어 없는 환자를 치료하곤 했다. 채빈과 놀아주지 않아도 되어서 나는 오히려 편했다.

채빈의 유치원 선생님에게 전화가 왔다. 그날 채빈은 유치원에서 병원놀이를 해야 했다. 채빈은 약사 역할이었다. 채빈은 약을 내주는 것을 거부했다. 유치원 선생님이 약종이에 포장해둔 초코볼을 다 뜯어서 바닥에 뿌려버렸다고 했다.

"누가 채빈이를 화나게 했어?"

"아니."

"그러면 왜 그랬는데?"

"약을 먹어도 죽을 거야."

채빈은 담담하게 말했다.

"약을 안 먹으면 더 아프잖아."

"아니야."

"엄마가 아파도 약을 안 줄 거야?"

"응."

"엄마가 죽어가도?"

"응."

채빈은 자리에서 일어났다. 부엌 서랍을 뒤졌다. 무언가를 꺼내 왔다. 조미김 봉투에서 엄마가 모아온 실리카겔들이었다. 채빈은 '먹지 마세요'라고 적힌 실리카겔 뭉치를 엄마 앞에 내려놓았다. 결연한 표정으로 채빈이 손을 뻗었다. 실리카겔 봉지를 뜯었다. 동그랗고 투명한 실리카겔들이 채빈의 작은 손바닥 위로 쏟아졌다. 채빈이 입을 벌렸다. 엄마는 채빈의 손을 탁 쳐냈다. 실리카겔

이 사방으로 흩어졌다. 엄마는 그것들을 하나하나 주웠다. 실리카겔 뭉치를 쓰레기통에 버렸다.

"지 애비를 쏙 빼닮아가지고."

엄마가 씹어뱉듯 말했다. 그리고 집 바깥으로 나가버렸다. 몇 시간 뒤에 엄마는 돌아왔다. 유리 어항을 들고 있었다. 어항 안에 구피 다섯 마리가 들어 있었다.

채빈은 구피와도 금세 사랑에 빠졌다. 언제 그랬냐는 듯 말이 많아졌다. 엄마는 온도계와 히터, 여과기를 어항에 설치했다. 일주일에 두 번씩 환수를 해주며 구피를 돌봤다. 구피가 새끼를 낳는 것을 지켜봤다. 자신이 낳은 새끼를 구피가 모조리 먹어버리는 것을 지켜봤다. 구피 다음에는 베타도 키웠다. 그다음에는 거북이도 키웠다. 그리고 달팽이도 키웠다. 소라게를, 개미를, 무당벌레를, 햄스터를, 토끼를 키웠다. 모두 얼마 못 가 죽어 나갔다.

†

학교가 끝나고 집에 오니 개가 있었다. 먼지와 털이 뒤엉켜 걸어 다니는 걸레 뭉치처럼 보였다. 털 사이사이에 진드기가 득실거렸다. 늑대발톱이 길게 자라 살을 파고들어 있었다. 채빈이 열한 살이 되던 여름이었다. 그날 채빈은 간식용 소시지를 먹으며 집으로 오고 있었다고 했다. 개가 따라왔다고 했다. 채빈은 소시지를 개에게 줘버렸고, 개는 더 열심히 채빈을 따라왔다. 엄마는 동물병원에 개를 데려갔다. 채빈의 품에서 조용하던 개는 진찰대에 올려지자마자 의사에게 이를 드러내며 으르렁거렸다. 채빈이 손을 뻗자 개는 온순한 눈빛으로 변했다. 개가 채빈의 손끝을 핥았다. 개는 심장사상충 3기 진단을 받았다. 복수가 이미 차오르고 있었고 온몸에 부스럼이 일어 있었다. 몸여기저기에서 고름 덩어리가 잡혔다. 개의 털을 밀고 주사 치료와 약물 치료를 병행했다. 치료 효과가 좋았다. 개는 채빈의 곁에 그림자처럼 붙어다녔다. 채빈은 모든 것을 개와 나눠 먹었다. 나 한입, 똘이 한 입, 나 한 입, 똘이 한 입. 개가 아이스크림을 핥은 그 자리를 채빈도 핥았다. 개는 채빈보다 먼저 아이스크림을 베어 물지 않았다. 채빈이 아이스크림을 베어 문 다음에야 아이스크림을 베어 물었다. 아이스크림의 마지막 한 입을 개가먹는 일도 없었다. 아무리 작은 조각도 어떻게든남겨서 채빈이 마지막 조각을 먹게끔 했다. 채빈이 학교에 가면 개는 채빈의 잠옷 위에 웅크려 잠을 잤다. 채빈은 또 다른 개와 고양이들을 데려오기 시작했다. 세 번째 동물이 왔을 때 엄마는 동물을 더 데려와서는 안 된다고 말했다. 채빈은 고개를 끄덕였다. 그렇지만 길에서 동물을 만나면 그약속을 잊었다. 어미를 잃은 새끼 고양이, 하수구에 빠져 있던 개, 쓰레기봉투 옆에 쓰러져 있던 고양이, 차바퀴에 뒷다리 한쪽이 밟혀버린 개……. 데려오고, 데려오고, 데려왔다. 엄마는 손가락을 들어 현관을 가리켰다. 동물을 있던 곳에 두고 오라고 말했다. 채빈은 그때에도 고개를 끄덕였다. 동물을 데리고 나갔다. 그리곤 돌아오지 않았다. 나는 엄마와 함께 채빈을 찾아다녔다. 채빈의 학교 친구들에게 전화를 돌리고, 채빈이 자주 가는 문방구와 놀이터에 가보았다. 학교의 토끼 사육장과 해바라기밭, 옆 동네 공업단지까지 돌았다. 채빈은 공업단지 길거리에 장기 주차되어 있던 덤프트럭 아래에서 발견되었다. 트럭 밑에서 개를 끌어안고 잠들어 있었다. 채빈은 개와 함께 집으로 돌아왔다. 개가 밥을 다 먹은 이후에야 채빈도 밥을 먹었다.

"내가 덤프트럭 옆을 분명히 지나갔는데. 부르는 소리 못 들었어?"

엄마가 물었다.

"들었어."

"덤프트럭 밑에서 개랑 살려고 그랬어?"

엄마가 물었다. 밥알을 우물거리며 채빈이 답했다.

"개는 알아서 잘 찾아 먹어."

"너는?"

"나는 짐승처럼 살겠지 했어."

계란국에서 파를 골라내며 채빈은 말했다.

엄마는 현관문을 자주 열어놓았다. 문발을 쳐서 안이 잘 들여다보이지 않게끔만 했다. 문을 열어놓기만 해도 개와 고양이는 알아서 사라졌다. 채빈이 갓 데려온 동물이면 특히 더 잘 사라졌다. 사라져버렸던 동물이 알아서 돌아오는 일도 있었다. 우리 집을 들락거리는 동물이 생기기 시작했다. 배급소나 쉼터가 되어갔다. 바깥에 나가서 친구를 데려오는 동물도 있었다. 새로운 동물은 나날이 늘어났지만, 신기하게도 우리 집에 머무는 동물은 넷 이하로 유지되었다.

엄마는 마트에서 관리직 매니저로 승진했다. 캐셔들이 입는 초록색 조끼 대신 하얀색 오픈 카라 티셔츠를 지급 받았다. 더 이상 손님들을 응대하지 않고 캐셔들이 교대하는 시간에 전표를 확인하고 시재를 맞췄다. 진열대를 돌며 상품이 제자리에 진열되어 있는지, 상품과 가격표가 일치하는지 살피고, 창고 재고를 확인하고 발주를 넣었다. 모니터를 주시하면서 좀도둑을 잡아내는 일도 엄마의 몫이었다. 가장 잡기 쉬운 건 아이들이었다. 물건을 훔치기 위해 온 아이는 마트 입구에 들어서면서부터 가방을 앞으로 돌려 메곤 했다. 엄마는 그 아이들을 조용히 창고로 데려갔다. 초등학생일 경우에는 이름과 전화번호를 받아 적고 단단히 겁을 줘서 돌려보냈다. 중학생 이상일 경우에는 훔친 소주 따위를 아이의 가방에서 꺼낸 다음, 학생증을 압수했다. 일요일에 교회에 나오면 학생증을 돌려주고, 교회에 오지 않는다면 학교에 연락을 하겠다고 말했다. 모든 아이가 교회에 찾아오진 않았지만 몇몇 아이는 학생증을 되찾기 위해 주뼛거리며 교회에 나타났다. 교회 사람들은 아이들에게 간식거리를 내주었다. 빔프로젝터로 코미디 영화를 틀어주었다. 밥과 과일을 배불리 먹인 다음, 학생증을 주고 돌려보냈다. 그러다 보면 다시 교

회로 찾아오는 아이가 있었다. 한 아이가 자신의
친구들을 떼로 데려오기도 했다. 교회 사람들은
엄마의 전도 방식을 칭찬했다. 그건 엄마가 마트
캐셔에서 관리직 매니저로 승진을 하게 된 비결이
기도 했다. 마트 사장에게는 교회 사람들의 평판
과 인맥이 중요했다. 마트와 거래를 하는 도매업
자들과 지역 유지들이 같은 교회에 다니고 있었기
때문이다. 도둑질을 한 아이를 교회로 데려오는
엄마의 전도 방식은 결과적으로 마트에도 긍정적
인 이미지를 심어줬다. 엄마는 그 점을 높게 평가
받은 것이다.

그 아이는 우리 집 식탁에서 채빈과 함께 라면
을 먹고 있었다. 머리카락을 수건으로 둘둘 감싸
고 있었다. '비전교회'라고 수건에 적혀 있었다. 대
낮에 남의 집에 놀러 와서 머리를 감다니. 그 아이
가 내게 꾸벅 인사를 했다. 낯이 익었다. 교회에서
본 아이였다. 마트에서 물건을 훔치다 엄마에게
적발된 아이. 그 아이는 학생증을 돌려받은 다음
에는 교회에 나타나지 않았다. 채빈은 우연히 그

아이를 만났다고 했다. 학교가 끝나고 정문을 빠져나오는데, 그 아이가 정문 뒤쪽에서 어슬렁거리고 있었다고. 채빈과 눈이 마주치자 그 아이가 손을 흔들었다고 했다.

"우리 어디서 봤지?"

그 아이가 채빈에게 먼저 물었다. 교회에서 봤다고 채빈은 답했다. 아, 맞네, 그 아이는 고개를 끄덕였다. 채빈에게 불쑥 팔짱을 꼈다. 가진 돈 좀 있냐고 물었다. 주머니에 들어 있던 2천 원 남짓한 돈을 채빈은 꺼내 줬다. 그 아이는 그 돈으로 군것질을 했다. 채빈은 옆에서 그걸 지켜봤다. 종일 아무것도 먹지 못했다고 그 아이가 말했다.

"나 냄새나냐?"

그 아이는 자기 살에 코를 대고 킁킁거렸다. 채빈은 그 아이를 집에 데려왔다. 채빈이 열다섯 살 때였다.

그 아이는 엄마에게 거짓말을 했다. 교회에서의 기억이 너무 좋았고, 채빈과 친구가 되고 싶었다고. 엄마는 고개를 끄덕였다. 그 아이가 자고 갈 수 있게 해달라고 채빈이 말했을 때도 고개를 끄덕였다. 작은방에 이부자리를 꺼내주었다.

다음 날 아침 채빈이 등교하는 시간에 맞춰 그 아이는 우리 집을 떠났다. 며칠 뒤에 채빈이 그 아이를 또 데려왔다. 이후, 그 아이의 친구를 데려왔다. 친구의 친구의 친구를 데려왔다. 채빈이 개와 고양이를 데려올 때와 똑같은 일이 반복되었다. 한 번은 엄마가 아이를 앉혀두고 부모님의 연락처를 캐물었다. 아이는 입을 다물어버렸고, 엄마는 경찰에 연락했다. 그 아이는 경찰에게 인도되어 가족에게 돌아갔다. 다음 날 채빈은 그 아이와 함께 집을 나가버렸다. 가출팸에서 지내다가 보름이 지나서야 붙잡혀 왔다. 어떤 방식으로 도둑질을 하면 적발이 안 되는지 채빈은 알게 되었고 그 지식으로 식료품 도둑질을 담당했다. 욕심 때문에 소매에 욱여넣은 참치 캔이 큰 소리를 내며 땅바닥으로 떨어지지만 않았어도 잡히지 않았을지도 몰랐다.

채빈이 데려온 아이를 내쫓지만 않으면, 채빈은 문제를 일으키지 않았다. 교회에는 소문이 나기 시작했다. 엄마가 가출 청소년들에게 음식과 잠자리를 내어주는 봉사활동을 하고 있다는 얘기였다.

같은 교회에 다니는 102호 아주머니가 우리 집을 찾아오는 아이들에 대해 물었고, 엄마는 이야기를 그럴듯하게 포장할 수밖에 없었다. 교회 사람들은 엄마가 가출 청소년들을 집에 들인다는 사실에 대해 입을 모아 대단하다고 말했다. 독거노인에게 반찬을 만들어주거나 노숙자에게 식사를 제공하는 것과 비슷한 활동을 엄마가 하고 있다고 사람들은 믿었다. 기왕 이렇게 된 것, 엄마는 더 적극적으로 사람들의 오해를 이용했다. 아이들이 며칠을 머물든, 일요일이 끼어 있으면 반드시 함께 교회에 갔다. 아이들은 의외로 순순히 따라나섰다. 엄마는 교회에서 권사 직책을 받았다. 마흔이 넘지 않은 사람 중에 권사 직책을 받은 사람은 엄마가 처음이었다. 공동의회에서 3분의 2 이상이 찬성을 해야 얻을 수 있는 자리였다. 직책을 받으면 감사 헌금을 내야 했지만, 엄마는 특별히 면제를 받았다.

채빈이 집 열쇠가 있는 장소를 아이들에게 알려줬다. 채빈이 학교에 가 있는 동안에 아이들이 쉴 곳을 마련해주기 위해서였다. 개켜놓은 이불이

뭉쳐져 있다거나, 유리잔 몇 개가 식탁 위에 꺼내어져 있다거나, 내 티셔츠 한 장이 보이지 않는다거나 하는 일이 있었지만 한동안은 그 사실을 몰랐다. 물건이 사라져도 아무 일이 일어나지 않는다는 것을 확인한 아이들은 점점 대담해졌다. 나의 헤드폰과 노트북, 엄마의 액세서리 들이 사라졌다. 엄마는 열쇠를 놓는 장소를 바꾸었다. 하지만 채빈이 그 장소를 알고 있는 한 소용없었다. 채빈이 집을 나갈지도 모른다는 염려 때문에 엄마는 경찰에 신고하지 않았다. 대신 엄마는 안방 문에 자물쇠를 채웠다. 조금이라도 손을 탈 만한 물건을 안방에 모아두고 문을 잠갔다.

집에 돌아오면 나는 내가 모르는 신발이 있지 않은지를 먼저 살폈다. 모르는 신발을 발견하면, 작은 방을 들여다보았다. 모르는 아이가 잠을 자고 있었다. 자기 마음대로 채빈의 수면바지를 꺼내 입고, 강아지를 꼭 끌어안은 채. 나를 발견한 강아지가 꼬리를 흔들며 다가왔다. 그 기척에 아이가 눈을 떴다.

"여기가 채빈이네 집 맞죠?"

아이는 누운 채로 웅얼거렸다. 나는 안방으로

직진했다. 열쇠를 찾아 문을 따고 재빨리 안방에 들어가 문을 잠가버렸다.

　채빈과 엄마가 차례대로 집에 도착하는 소리가 들리면, 나는 거실로 나왔다. 채빈은 동물 한 마리, 한 마리를 그 아이에게 소개시켜주었다. 언제, 어디에서 어떻게 이 동물을 처음 만났는지. 채빈은 그동안 자신이 만나본 모든 동물에 대한 이야기를 늘어놓았다. '삐약이'부터 시작되는 그 길고 긴 얘기를. 종일 집에 혼자 있다가 주인을 맞이하는 강아지처럼 채빈의 목소리에는 반가움이 가득했다. 다른 아이들이 자기 얘기를 재미없어 한다는 사실을 채빈도 모르지는 않을 것 같았다. 강렬하게 원한다는 것이 얼마나 지긋지긋한 일인지를 나는 채빈을 통해 알게 되었다. 지긋지긋한 집구석, 지긋지긋한 동물들, 지긋지긋한 아이들과 지긋지긋한 내 동생. 나는 그 무엇도 원하지 않는 마음에 익숙해져갔다. 장롱이나 식탁처럼 우리 집을 버텼다. 필요하지만 신경을 쓰지 않는 가구처럼 있었다.

　모르는 여자아이 둘이서 나를 올려다보고 있었

다. 그 아이들은 우리 집 바닥에 엎드려 만화책을 읽고 있었다.

"너가 채빈이냐?"

한 아이가 눈을 치켜뜨며 내게 물었다. 채빈의 언니라고 나는 답했다.

"같이 보실래요?"

다른 아이가 엎드린 채로 내게 만화책을 내밀었다. 친구끼리 보라고 나는 답했다.

"저희 친구 아닌데요."

두 아이는 서로 모르는 사이라고 했다. 소문을 듣고 각각 우리 집에 찾아왔고, 우리 집에서 처음 만났다고 했다.

"애가 채빈인 줄 알았다니깐요."

그 아이들은 서로를 채빈으로 오해했다고 했다. 뒤늦게 돌아온 채빈은 그 아이들에게 또 동물 이야기를 늘어놓았다. 30분쯤 듣고 있다가 한 아이가 불쑥 말했다.

"나갈래?"

두 아이는 자리에서 일어났다. 그리고 현관문을 열고 나갔다.

†

"난 그냥 집에 있을게."

나는 엄마에게 말했다. 엄마가 내 얼굴을 쳐다
보았다.

"그래."

엄마가 내게 말했다. 그게 내가 들은 엄마의 마
지막 말이었다.

"무슨 일이 있었어?"

채빈은 답하지 않았다.

"봤잖아."

채빈은 말하지 않았다.

엄마와 작별 인사를 해두라고 의사가 말했다. 그렇게까지 무방비하게 잠들어 있는 엄마의 얼굴은 그때 처음 보았다. 그런 건 잠이라고 할 수 없었다. 허옇게 각질이 일어나 있는 엄마의 정강이와 발뒤꿈치를 바라보다가 나는 이불로 엄마의 다리를 덮어주었다. 엄마는 그날 밤을 넘겼다. 뒤늦게 할머니와 이모, 이모부가 도착했다. 작별인사를 하라는 말을 세 번 더 들었다. 엄마는 죽었다. 눈을 부릅뜬 채로. 엄마의 눈을 감겨주라고 이모부가 말했다. 나는 서 있었다. 채빈이 엄마에게 걸어갔다. 천천히 손을 뻗었다. 죽어버린 다른 동물들에게 그랬던 것처럼, 채빈이 엄마의 눈을 감겨주려 했다. 엄마의 눈꺼풀을 꾸욱 누르며 쓸어내렸다. 채빈이 손을 떼자 엄마는 다시 눈을 떴다. 다른 동물들이 그랬던 것처럼.

"손 떼."

나는 말했다. 채빈이 나를 돌아보았다. 채빈이 목격한 것들이 채빈의 눈동자 속을 스쳐 지나가고 있는 것 같았다.

"말을 하라고."

채빈은 말하지 않았다. 경찰들이 병원을 찾아왔다. 채빈은 사라졌다. 채빈의 진술이 필요했다. 눈을 뜨고 있는 엄마를 시신안치소에 넣어둔 채 나는 채빈을 기다렸다. 채빈의 말을 기다렸다. 사인은 단순 사고로 처리되었다. 채빈 없이 엄마의 장례를 치렀다.

　채빈이 나를 찾아온 적이 있다. 누군가가 나를 찾아왔다는 조교의 연락을 받고 과방으로 향했다. 채빈이 과방 소파에 앉아 있었다.
　"언니."
　채빈이 웃으며 소파에서 일어섰다. 나는 학교 후문에 있는 카페로 채빈을 데려갔다. 그곳까지 걷는 동안 채빈은 아무렇지도 않은 말을 아무렇지도 않게 했다. 날이 갑자기 더워졌다, 이제 반팔을 입어도 되겠어, 따위의 말이었다.
　유리잔에 담겨 있던 얼음이 녹았다. 유리잔의 표면에 물방울이 맺혔다. 유리잔 바닥에 물이 고였다. 커피와 물의 층이 분리되었다. 채빈은 접시 위에 놓인 시나몬향 비스킷을 집어 들었다. 과자

포장지를 벗겨내고, 손가락으로 과자를 또각 분질
렀다. 채빈은 창가 쪽으로 시선을 돌렸다. 어린 시
절 우리가 함께 살던 집에 대해 이야기했다. 작은
방에는 계단 쪽으로 나 있는 창이 있었다. 불투명
한 창으로 사람의 그림자가 드리웠었다. 채빈은
그 그림자들이 무서웠다고 했다.

작게 자른 과자 조각을 채빈은 부스러뜨리고 있
었다. 가루가 되어버린 과자 조각이 채빈의 손끝
에서 후둑후둑 떨어졌다. 채빈의 손이 멈추었다.

"언니, 화났어?"

그 말이 채빈의 애원이라는 것을 나만은 알았
다. 채빈을 만나면 하고 싶은 말이 있었다. 눈을 뜨
고 있는 엄마를 안치소에 넣은 채 내가 얼마나 너
를 기다렸는지, 너를 얼마나 용서하고 싶었는지.

나는 자리에서 일어섰다. 똑바로 걸어 나가야만
한다고 되뇌며 한 발씩 걸어 나갔다.

✝

10년이 지나고서야 채빈에게서 다시 연락이 왔다. 채빈이 내 집으로 들어왔다. 채빈은 다른 사람 같았다. 티브이를 볼 때 으하하 소리를 내며 웃었다. 휘파람을 불며 청소기를 돌렸다. 매장에서처럼 각을 맞춰 옷을 갤 수 있다면서, 자기가 갠 옷 좀 보라며 너스레를 떨었다. 웃음소리가 달라졌다고 나는 말했다. 빨래 더미에서 옷가지 하나를 들어 탁탁 털며 채빈은 직업 때문인 것 같다고 했다. 검정고시를 보고 방통대를 졸업한 후, 줄곧 휴대폰 액세서리 업체에서 영업 일을 해왔다고 했다. 실질적인 수요를 조사하고 신제품에 대한 반응을 살피는 일도 했지만, 가장 중요한 업무는 소매점을 일일이 찾아가 손님의 눈높이에 자신의 업체에서 나온 휴대폰케이스를 진열하는 일이었다. 모든 업체가 같은 위치에 자신들의 상품을 진열하길 원했다. 경쟁에서 이겨 그 자리를 선점하려면 소매점 사장과의 관계가 중요했다. 규모가 큰 소매점의 경우 접대도 필요했다. 접대 자리에서 성희롱을 당하는 경우가 허다했다. 그런 위험들을 잘 피해가면서도 좋은 자리를 약속받으려면 다른 전략이 필요했다. 누구나 인간적으로 호감을 느낄 만한 사람이 되어야만 했다. 모욕적인 일을 당해도 유쾌함을 유지하며 동시에 다정해야만 했다. '요즘 세상에 보기 드문 젊은이'가 되어야만 했다. 그렇게 살다 보니 성격이 아예 변해버렸다고 채빈은 말했다. 정말 그것이 전부일지 나는 궁금했지만 묻지 않았다. 소매점 사장들에게 해왔던 연기를 내게도 똑같이 하고 있는 건 아닐까.

일요일 오전이었다. 나는 소파에 누워 있었다. 채빈은 소파에 등을 기대고 바닥에 앉아 있었다.

치즈 슬라이스를 4등분 해서 에이스 크래커에 한 장씩 얹고 있었다. 밥을 먹지 않는 어린 채빈에게 엄마가 만들어주던 간식이었다.

"과자 이제 안 좋아한다며."

내가 물었다.

"이건 맛있더라."

채빈이 크래커를 한 입 베어 물었다. 텔레비전 채널을 돌리다가 나는 멈추었다. 「동물농장」이 방영되고 있었다. 채빈과 함께 살기 이전에는 절대로 보지 않던 프로그램이었다. 상처를 입은 채 길거리를 떠도는 개와 고양이들, 사람의 말을 알아듣는 새와 닭들, 벽지를 뜯어먹고 가출을 일삼는 달팽이와 거북이들. 지하철에 앉아 있는 사람들이나 휴대폰으로 게임을 하다가 바코드를 찍는 편의점 아르바이트생, 현실감이 없는 블록버스터 액션 영화와 그만큼 현실감이 없는 로맨틱 코미디를 보고 있는 편이 내게는 나았다. 그래서 나는 채빈과 「동물농장」을 봤다. 그 프로그램을 볼 때의 나처럼 채빈에게도 기억이 쏟아져버리기를 바랐다. 채빈은 고개를 돌려 나를 쳐다봤다. 치즈를 얹은 크래커 하나를 내밀었다. 나는 고개를 저었다. 채빈은 그 크래커를 한입에 넣었다. 크래커를 씹으며 채빈은 티브이를 보았다. 목줄이 살을 파고들어 상처 난 목둘레에 벌레까지 꼬여버린 개가 티브이에 나오고 있었다.

"어떡하냐."

채빈이 웅얼거렸다. 발음이 뭉툭했다. 입안에 차 있는 크래커 때문인지 감정이 북받치고 있는 건지 알 수 없었다. 당근 하나를 준 이후부터 매일 집 앞을 찾아온다는 사슴이 나왔다. 당근을 내밀자 사슴이 콧구멍을 벌름거리며 이빨을 드러냈다.

"쟤 웃긴다."

채빈은 티셔츠 밑단을 들어 올려 가슴팍에 떨어져 있는 크래커 조각들이 한곳에 모이게끔 했다. 허리를 구부정하게 굽히고 일어나 씽크대에 크래커 조각들을 털었다. 자리로 돌아와 바닥에 떨어진 크래커 조각을 손끝으로 찍어냈다.

나는 채빈과 함께 가출 청소년이 주인공인 영화를 봤다. 시한부 선고를 받은 엄마가 죽어가는 드라마를 봤다. 채빈과 함께 텔레비전을 볼 때마다 일부러 나는 그런 영화와 드라마를 틀었다. 재생 버튼을 누르기 전에 물었다.

"같이 볼래?"

채빈은 매번 '응'이라고 답했다. 텔레비전을 보고 있는 채빈의 표정을 나는 유심히 살폈다. 어둠 속에서 채빈의 눈동자만 빛이 났다. 눈동자에 텔레비전 화면이 비치고 있었다. 웃긴 장면에서 채빈은 적당히 웃었다. 슬픈 장면에서는 적당히 슬퍼했다.

엄마의 기일이었다. 한 번도 제사를 지내지 않았다고 나는 채빈에게 고백했다. 채빈이 그 이유를 묻기를 기다렸다. 너와 함께 제사를 지내기 위해서였다고 말하고 싶었다.

"내가 매년 지냈어."

채빈이 말했다. 채빈은 능숙하게 삼색 나물을 무쳤다.

"물어보고 싶은 게 있어."

나물을 조물거리다가 채빈이 말했다.

"엄마가 어떤 음식을 좋아했어? 센베이랑 웨하스를 자주 사 왔는데, 엄마가 좋아해서 산 게 맞나? 그냥 마트에서 자주 남았던 건가 싶기도 하고."

그러고 보니 나도 엄마가 어떤 음식을 좋아하는지 알지 못했다. 채빈과 함께 제사를 지내고 싶다고만 생각했지, 제사상에 어떤 음식을 올릴지에 대해서는 생각해본 적이 없었다. 엄마는 짜장밥은 자주 만들었지만 카레는 만들지 않았다. 생선은 오직 구이로만 만들고 탕이나 찜으로는 만들지 않았다. 엄마에 대한 이야기였지만, 채빈과 내가 어떤 음식을 싫어하였는지에 대한 이야기이기도 했다. 아무렇지도 않게 엄마에 대한 이야기를 하고 있는 채빈을 어떻게 받아들여야 할지 알 수 없었다. 웃음기를 머금고 있는 채빈을 바라보았다. 내가 침묵하고 있다는 걸 알아채고 채빈도 말을 멈추었다. 고개를 갸우뚱하며, 내게 물었다.

"화났어?"

모든 면이 달라져버린 채빈은 그 말만은 자신의 언어로 남겨두었다. 다섯 살 때의 표정을 지었다.

「동물농장」에도, 영화와 드라마에도 특별한 반

응이 없자 나는 채빈에게 인터넷 공고를 보여주기 시작했다. 아이를 잃어버렸습니다, 이 아이를 도와주세요, 같은 문구가 적힌 것들이었다. 이것 좀 봐봐, 우리 동네에서 사라졌나봐. 사람들이 밤새 찾고 있나봐. 나는 채빈에게 말했다. 그러네, 우리 동네네, 채빈은 말했다. 그러다 유나를 보게 되었다. 별나를 품에 안고 있는 유나의 사진을. 어린 나이에 엄마가 되어버린 유나는 채빈이 데려왔던 아이들을 떠올리게도 했고, 엄마를 떠올리게도 했다.

"엄마가 우리를 몇 살에 낳았더라."

채빈이 내게 물었다.

"나를 열일곱 살 때 낳았다고 했으니까. 너는 열아홉에 낳은 거네."

"너무 어리네."

"내가 열일곱 살 때 엄마가 죽었어."

채빈의 눈빛은 담담했다. 그 눈빛이 흔들리는 것을 나는 보고 싶었다.

"얘, 우리가 입양할까?"

나는 손가락으로 별나를 가리켰다. 채빈이 눈을

깜빡였다.

"그래."

채빈은 특유의 살가운 웃음을 지어 보였다. 너무나 진심 같아서 가짜 같은 웃음이었다.

✝

찌는 듯한 여름이었다. 우리는 그 여름을 에어컨 없이 버텼다. 별나는 이미 한 차례 폐렴에 걸렸고, 완전히 회복될 때까지 찬바람을 쐬어서는 안되었다. 채빈은 아침 일찍 출근을 해서 늦은 저녁이 되어야만 돌아왔다. 집은 찜통 같았다. 습기 때문에 온몸이 끈적였다. 목욕을 시키는 것도 불가능했으므로, 별나에게서 엄청난 악취가 풍겼다. 별나는 시원한 자리를 어떻게든 찾아냈다. 카펫 바깥으로 기어나가 폴리싱 타일 위에 배를 깔고 누웠다. 하루에 오줌을 서른 번도 넘게 누고, 매일 밤 울었다. 그 자그마한 몸에서 그렇게 큰 울음소리가 어떻게 날 수 있을까 싶었다. 채빈은 침대에서 꼼짝도 하지 않았다. 그때마다 내가 바깥으로 나가 별나를 안고 쓰다듬으며 달랬다. 내려놓자마자 다시 칭얼거리는 바람에 몇 시간이고 별나를 쓰다듬어줘야 했다. 채빈은 별나의 양육에 대해서는 손을 떼다시피 했다. 내가 부탁을 해야만 잠깐씩 몸을 움직였다. 별나에게 장난감을 던져주거나 밥그릇을 씻는 정도가 다였다. 별나가 다가오면 채빈은 슬그머니 몸을 일으켰다. 화장실에 들어가거나 소파로 가서 앉았다. 별나의 몸이 자신에게 닿지 않게끔 했다. 어린 시절에 채빈이 동물들을 데려왔을 때 내가 그랬던 것처럼 채빈은 별나가 없는 듯 굴었다.

껙껙거리는 소리에 잠에서 깼다. 별나가 방바닥에 앉아 있었다. 목을 앞뒤로 끄덕거리며, 구토를 하고 있었다. 입 아래로 하얀 거품이 흘러내렸다. 나는 채빈을 흔들어 깨웠다. 채빈은 눈을 비비며 별나를 내려다보았다.

"아까 뭘 먹던데."

별나의 호흡이 가빠졌다. 채빈이 별나를 덥석

들어 안으며 말했다.

"병원에 가자."

병원까지 가는 동안 채빈은 별나를 꼭 안고 있었다.

리버스 스니징이라고 의사는 말했다. 코 안쪽에 먼지 같은 것이 걸린 것뿐이라고 했다. 아기들에게 자주 일어나는 증상이라고. 채빈이 울음을 터뜨렸다. 대기실에 나와서도 채빈은 울음을 그치지 못했다. 어리둥절한 눈빛으로 자신을 올려다보는 별나를 채빈은 쓰다듬어주었다.

집에 돌아와 채빈은 별나에게 통조림을 주었다. 별나가 처음으로 먹어보는 통조림이었다. 별나는 순식간에 통조림을 먹어 치웠다. 빵빵해진 별나의 배를 채빈은 어루만졌다.

"졌네."

나는 채빈에게 말했다. 채빈은 옆으로 누워 별나의 손과 발을 만지작거렸다. 채빈이 고개를 끄덕였다.

"졌다."

별나를 사랑하지 않기 위한 노력을 채빈은 그

순간 포기했다.

 비 온 뒤의 어린 잎사귀처럼 별나는 하루하루
쑥쑥 자라났다. 아침에 일어나 보면 두 귀만 불쑥
커져 있었다. 다음 날에는 발바닥만 불쑥 커져 있
었다. 몸이 비뚤비뚤 자라난다는 것을 처음 알았
다.

 퇴사하면서 가장 하고 싶었던 건 점심시간이
될 때까지 늦잠을 자고, 느릿느릿 식사를 하는 것
이었다. 내가 음식 씹는 소리까지 남다르다던 사
수의 말 때문이었다. 점심시간 한 시간을 꼬박 식
사하는 데에 쓰는 사람은 처음 본다고 사수는 말
했다. 그는 내가 탕비실에서 컵을 씻는 소리도 다
르다고 했다. 다른 사람은 싹싹, 소리를 내며 컵을
씻지만 나는 사악, 소리를 내며 컵을 씻는다고. 나
의 행동이 유난히 느린 것은 사실이다. 하지만 업
무 처리 속도가 느리지는 않았다. 누끼를 따는 일
부터 홈페이지 상세페이지를 디자인하는 일까지,
일에 있어서라면 회사의 그 누구보다 빨랐다. 웹
퍼블리셔 겸 웹디자이너로 취직을 했지만 사무실

청소와 설거지, CS 전화 응대와 처리, 택배 송장을 출력하고 택배를 포장하는 일까지 해야만 했다. 웹에이전시로 이직을 한 후에야 내가 MD의 일까지 떠맡아왔었다는 사실을 알게 되었다. 운이 좋게도 실력이 좋은 사수를 만나 에이전시에 쉽게 적응했다. 디자인 방식이나 보고 방식처럼 업무에 관련된 일들도 살뜰히 조언해주었지만, 사수가 가장 강조한 건 회사 내 알력이었다. 회사에는 크게 두 개의 라인이 있었다. 하나는 대표의 라인, 다른 하나는 부장의 라인. 회사에 적응했다 느껴지는 순간 두 라인 중 어느 한쪽이 손을 내밀 것이라고 사수는 말했다. 줄곧 대기실에 앉아 있다가 회사 내부로 이제야 진입하는 느낌이 들 것이라고 했다. 어느 쪽의 손도 잡지 말라는 것이 그의 조언이었다. 대표와 부장은 자신의 라인에 있는 사람들을 창과 방패로 사용한다고. 그러나 막상 두 사람은 공생관계라고. 창과 방패만 때에 따라 바뀔 뿐이라는 걸 명심하라고. 대표의 라인에서 창 역할을 하다가 힘을 잃어버린 사수의 푸념에 가까웠으나, 나는 그의 말을 따랐다. 그가 별다른 조언을 하지 않았더라도 나는 그렇게 했을 것이었다. 타인의 손을 덥석 잡는다는 것이 어떤 위험을 내포하는지 나는 채빈을 통해 이미 알고 있다. 엄마가죽고 채빈이 떠난 후에 할머니와 이모의 집을 전전하며 더욱 선명하게 알게 되었다. 손을 잡는다는 착각을 믿어서는 안 되었다. 외부인은 외부인일 뿐이었다. 세수도 하지 않은 얼굴을 스스럼없이 보여주고 함께 목욕을 가서 서로의 등을 밀어주어도 마찬가지였다. 결국은 혼자라는 사실을 어떤 순간에도 잊지 않는 것이 중요했다. 지금껏 유용했던 이 원칙을 나는 회사에서도 지켰다. 어느순간 나는 어느 쪽 라인에도 속하지 못한 채 계속대기실에 앉아 있는 신세가 되었다. 다른 직원들도 서로를 믿지 않는다는 것, 믿어서가 아니라 필요하기 때문에 손을 내밀고 잡는다는 자명한 사실을 나는 알게 되었다. 사람들은 나를 내 사수의 라인으로 여겼다. 중요한 프로젝트를 따지 못하는건 물론이었고, 승진도 불가능했다. 에이전시에서2년을 더 버티다가 나는 프리랜서의 길을 택했다. 느릿느릿 점심을 차려 먹고 느릿느릿 집을 청소하고 느릿느릿 일을 시작했다. 바깥에서 새들이 울기 시작할 시간이 되어서야 잠이 들었다. 내가 무엇으로부터 배제되고 있는지를 속속들이 느끼느라 회사에서 허비하던 시간과 에너지를 생각하면 오히려 효율적이었다. 나는 오직 나의 편이었다. 클라이언트와의 미팅 자리나 우체국 업무가 아니면 해가 지기 전에는 외출을 하지 않았다. 24시간 운영되는 피트니스 센터에서 밤늦게 운동을 했다. 영화관을 가끔 찾았다. 햇빛 부족 때문에 만성피로에 시달렸고 온몸이 찌뿌둥했지만, 생활 패턴을 바꿔야 할 필요성은 느끼지 못했다.

매일 아침 여덟 시마다 별나가 다가오기 시작했다. 내 코끝을 자신의 축축한 코로 콕콕 찍어댔다. 눈을 떠보면 별나의 얼굴이 내 시야를 꽉 채우고 있었다. 시계를 볼 줄 아는 것처럼 매번 같은 시간이었다. 처음에는 한밤중에 별나와 산책을 했다. 주차장 바깥 보도블록에 발을 디디는 순간 별나는 주저앉아 꼼짝하지 않았다. 산책을 하기 싫다는 의사 표명 같았다. 대낮에 별나를 데리고 나오면 아무렇지도 않게 보도블록을 잘 걸었다. 별나가 어둠을 두려워했다는 걸 그제야 알게 되었다. 새로운 장소라도 별나는 어떨 때는 두려워했고 어떨 때는 좋아했다. 새는 좋아하지만 고양이는 두려워한다는 것, 벙거지 모자를 쓴 사람은 좋아하지만 검은 캡 모자를 쓴 사람은 경계한다는 것, 오토바이 소리는 괜찮지만 물소리는 무서워한다는 것을 알게 되었다. 튤립이나 해바라기처럼 커다란 꽃보다 라일락이나 벚꽃처럼 자그마한 꽃을 좋아한다는 것, 한여름에 삐죽삐죽 올라온 풀을 사람들이 잘라냈을 때 공기와 흙에 퍼져 있는 알싸한 풀 냄새를 좋아하지 않는다는 것을 알게 되었다. 별나와 함께 걸을 때면 사람들이 자꾸 별나에게 말을 걸었다. 이름이 뭐냐, 기분이 좋냐 하면서. 어느 날인가부터 대답이라는 걸 나도 하게 되었다.

"제 이름은 별나라고 해요."

"기분이 너무너무 좋아요!"

들어본 적도 없는 별나의 목소리를 나는 흉내 냈다. 별나는 앞서 걷다가 문득 뒤를 돌아 내가 잘 따라오는지를 확인했다. 내 얼굴을 쳐다보고는 헤, 웃었다. 길가에 짓이겨진 버찌나 매실을 그냥 지나치지 않았다. 문이 열려 있는 상점들에도 그랬다. 세탁소든, 부동산이든, 카페든 문이 열려 있는 모든 곳에 들어가보려 했다.

채빈과 나는 별나가 혼자 집에 남겨지는 시간을 최대한 줄이기로 했다. 모든 여가를 별나와 함께 보냈다. 함께 갈 수 있는 곳이 많지 않았다. 별나가 갈 수 있는 쇼핑몰을 찾아냈지만 매장 출입은 허락되지 않았다. 쇼윈도만 둘러보다 발길을 돌렸다. 길을 걷다 목이 마르면 채빈이 별나를 데리고 편의점 바깥에 서 있었다. 내가 편의점에 들어가서 물을 사 왔다. 별나가 소파와 침대에는 올라오지 못하게 하자고, 내가 제안했던 약속을 내가 먼저 깨버렸다. 채빈과 나는 밤마다 서로 별나를 안고 자겠다며 배틀을 벌였다. 휘파람을 불고 박수를 쳐대며 각자의 침대에서 별나를 불렀다. 별나는 매번 채빈의 침대로 향했다. 별나가 침대 중앙을 차지하는 바람에 채빈은 자꾸 목에 담이 온다고 했다. 내가 책상 의자에 앉아 작업을 하고 있으면 별나는 내 발 위에 자신의 턱을 올려놓았다. 그 자세로 잠이 들었다. 내 발가락 사이사이를 핥거나 자신의 장난감을 내게 가져다주기도 했다. 편식을 하는 것이 영락없이 너를 닮았다, 잠꼬대를 중얼중얼하는 게 언니랑 똑같다, 채빈과 나는 별나가 서로를 닮았다고 말했다.

"원래 알고 있었어?"

내가 채빈에게 물었다.

"뭘?"

"이런 마음을."

"그럼."

"왜 나한텐 안 알려줬어?"

별나의 눈곱을 떼어주며 내가 물었다. 채빈이 웃었다. 채빈과 나는 비로소 자매가 되어갔다. 삐약이를 가족으로 받아들이면서 채빈이 엄마와 나를 가족으로 받아들이기 시작했던 그때처럼. 하루하루가 완벽했다. 더 바랄 것이 없었다. 내가 오랫동안 원해왔던 삶이 시작된 것 같았다.

†

유나가 사라졌다는 소식을 들었다. 여름이 지나고 가을이 와 있었다. 내가 유나를 잊고 있었다는 것을 알게 되었다. 채빈에게 유나의 실종 공고를 보여줬다.

"이전에도 도망쳤다 하지 않았나?"

별나를 빗겨주며 채빈은 말했다.

"그랬지."

"이번에도 금방 찾겠지."

대수롭지 않다는 말투였다. 그때까지만 해도 유나는 신중동역 근처에서 자주 목격되었다. 사람들은 유나가 목격된 장소들을 선으로 이어 지도에

표시해두었다. 곳곳에 유나의 옷가지를 놓아두었다. 옷가지를 치우지 말아 달라는 부탁 문구도 써두었다. 익숙한 냄새가 나는 물건을 두는 것만으로도 일정한 영역 바깥으로 유나가 나가는 것을 방지할 수 있기 때문이었다. 일주일이 지났을 때 SNS 계정에 다른 사진이 올라왔다. 마지막에 유나를 보호하고 있던 사람이 오늘부터 다른 아이들을 보호하게 되었다고 했다. 어린아이들이어서 사람의 손길이 필요하고, 그 때문에 당분간 유나를 찾아다닐 수 없게 되었다고 했다. 아장아장 걷는 아이들, 인형을 끌어안고 잠든 아이들, 밥을 뚝딱뚝딱 잘도 먹는 아이들. 다른 아이들의 사진이 연이어 업로드되었다.

"유나는 어떻게 되는 거야?"

나는 그 게시물들을 채빈에게 보여주었다.

"그러게."

채빈은 듣는 둥 마는 둥 했다. 채빈은 의도적으로 유나의 이야기를 피했다. 별나에게는 어쩔 수 없이 마음을 주게 되었지만 딱 여기까지라는 듯. 엄마와 나누었던 마지막 대화가 떠올랐다. 그날 엄마는 채빈에게서 전화를 받고 허둥지둥 겉옷을 꺼내 입었다. 내 겉옷도 꺼내 내게 건넸다.

'난 그냥 집에 있을게.'

옷을 받아든 채 나는 말했다.

아침에 일어나 세수를 할 때, 하얀 거품을 씻어 내고 수건으로 물기를 닦아낼 때, 나는 거울 속 얼굴을 들여다보았다.

'난 그냥 집에 있을게.'

현관문을 나서던 엄마의 얼굴을 생각했다. 엄마는 서른네 살에 죽었다. 기억 속 엄마는 서른넷에 멈춰 있다. 지금 나는 서른셋이다. 엄마가 죽은 나이에 가까워져 있다. 어릴 적에는 엄마를 빼닮았다는 말을 들었지만, 엄마는 동글동글한 인상이었다. 얼굴도 눈도 코도 입술도 동글동글했다. 무엇이든 잘 먹어서 동글동글했던 나는 살이 빠지면서 얼굴이 바뀌어갔다. 광대뼈가 튀어나오고, 턱이 뾰족해졌다. 콧날이 섰고 입술이 얇아졌다. 무엇보다 내 눈동자는 엄마와 달랐다. 내 눈동자는 작고 새까맸다. 눈동자의 윗부분이 눈꺼풀에 덮여 있었다. 엄마의 눈동자는 커다랗고 갈색이었다. 생김새부터 성격까지 아빠를 빼닮았다던 채빈은 이제 엄마의 얼굴과 닮아 있었다. 웃을 때 커지는 눈이 특히 그랬다. 비음이 섞인 목소리와 말하다가 입술을 뾰족하게 내미는 버릇까지 비슷했다. 나는 이를 드러내며 웃어보았다. 눈썹을 찌푸려보았다. 이의 배열이나 미간에 생기는 주름을 살펴보았다. 내 얼굴 속에서 엄마의 표정을 찾아보았다.

유나의 출산 시기가 임박했을 때 유나는 임시 보호자를 처음 만났다. 안정적인 출산 환경을 조성하고 새끼들을 전염병으로부터 보호하기 위해 보호소 밖에서의 생활이 필요했다. 방구석에 웅크리고 있는 유나의 사진을 찍은 사람이 바로 그였다. 나는 그의 SNS 계정에 올라와 있는 모든 게시물을 훑었다. 그는 서투른 한국말과 내성적인 성격 탓에 사람들과 어울리기 어려워했고, 중국으로 돌아가야 할지 고민했던 듯했다. 동물과 함께 살면 좋겠다는 생각이 들었지만 유학생이었으므로 무턱대고 입양하고 싶지는 않았다. 그러다가 3년

전부터 동물들을 임시 보호하는 봉사활동을 시작했고, 배변이나 입질교육, 사회성 활동을 통해 동물이 잘 입양될 수 있도록 준비했다고 했다. 봉사활동을 하는 다른 사람들과 친구가 되어 그들에게서 한국말을 배웠다고 소개되어 있었다.

임시 보호자의 계정을 타고 다른 계정에도 들어갔다. 그에게 임시 보호할 동물들을 소개해주는 동물보호소 소장이었다. 그는 주로 보호소 내·외부 사진을 올렸다. 찢어진 걸레와 오물로 더러워진 이불, 동물들의 대소변이 군데군데 보였다. 석달 전에는 깨끗한 이불들을 후원받았다는 게시물을 올렸다. 그 이전에는 대형견들을 위한 케널을 구입했다는 게시물, 그 이전에는 새끼들을 위해 장판을 깔았다는 게시물, 그 이전에는 에어컨을 구입하고 구획 울타리를 쳤다는 게시물이 있었다. 더 이전에는 텅 빈 컨테이너 사진뿐이었다. 공터에 방치되어 있던 컨테이너 박스를 구입하여 동물 세 마리를 보호한 것이 시작이었다. 동물보호소를 차리기 전에 소장은 동물보호단체에서 봉사활동을 했다. 그 전에는 피부관리숍에서 일을 했다. 그

때의 그는 필터를 입혀 색감을 살린 음식 사진을 자주 올렸다. 커다란 접시 중앙에 벚꽃 색깔의 소르베 한 스쿱이 담겨 있었다.

보호소와 협약을 맺고 있는 동물병원 간호사의 계정에도 들어가 보았다. 전국의 실종 공고와 입양 공고가 줄지어 올라와 있었다. 제발 한 번만 봐주세요, 오늘은 종일 우울했다, 같은 문장이 적혀 있었다. 팔로워는 30명 남짓이었다. 많을 때면 열명 정도의 사람이 '좋아요'를 눌렀다. 아무 반응도 없는 게시물이 더 많았다.

지도 어플을 켜서 나는 유나가 사라진 곳의 거리뷰를 살폈다. 화살표 버튼을 눌러가며 유나가 목격된 곳들을 따라갔다. SNS에 익명으로 계정을 만들었다. 유나의 임보자의 SNS 게시물에 댓글을 달았다.

─유나는 어떻게 됐나요?

답글은 없었다. 그래서 다른 게시물에도 똑같은 댓글을 달았다. 다른 사람들도 댓글을 달기 시작했다.

─저도 궁금해요.

—유나는 이제 안 찾는 건가요?

　그들은 자신을 태양이 엄마, 밤비 언니, 시루 보호자라고 소개했다. 나처럼 유나가 낳은 아이들을 입양한 사람들이었다.

　임시 보호하던 유나를 잃어버린 후, 일주일 만에 수색을 중단하고 또 다른 아이들을 임시 보호하는 것은 비상식적인 일이라는 댓글이 올라왔다. 책임감을 갖고 유나를 찾아야만 한다는 성토가 이어졌다. 임시 보호자에 대한 비난이 시작되자 게시물의 관심도가 올라갔다. 어떤 실종 공고보다 빠른 속도로 게시물이 퍼져나갔다. 그리고 임시 보호자의 SNS 계정에 새로운 게시물이 올라왔다. 세 마리의 강아지가 당장 갈 곳이 필요해서 임시 보호했다고, 지금부터라도 다시 유나를 찾겠다고, 도와주실 분들의 연락을 기다린다고 적혀 있었다. 나는 게시물의 링크를 클릭했다. 단체 채팅방에 입장했다. '별나 엄마'라고 닉네임을 입력했다.

　유나가 목격되었다는 소식을 듣게 되었다. 산동 사거리였다.

나는 조절기 버튼을 눌러 보일러의 온도를 올렸다. 눈이 펑펑 쏟아지는 창밖을 바라보았다. 거리에 수북하게 쌓여 있는 눈이 동물의 털처럼 보드라워 보였다. 나는 일러스트레이터 프로그램을 켰다. 포스터를 제작하기로 했다. 사람들이 만든 전단은 충분히 눈길을 끌었지만, 시선이 엠마 왓슨에 집중될 수밖에 없었다. 유나의 사진은 엠마 왓슨의 대각선 아래에 위치했다. 형광 연두의 배경색은 너무 화려했고, 폰트는 세 종류나 사용되었다. 제목은 귀여움을 강조한 폰트였는데, 가독성이 떨어졌다. 하트 모양과 개 발자국 모양의 스티커도 사용되었다. 모든 요소를 강조하다 아무것도 강조되지 못한 디자인이었다. 광고 포스터에 대해서라면 자신이 있었다.

유나가 하얀 아이였으므로 배경색은 검정을 택했다. 폰트는 고딕으로 통일했다. 어린아이도 한눈에 읽을 수 있도록 굵게 했고, 행간과 자간을 넉넉히 조절했다. 글자 크기를 두 가지로만 정해 정보들이 들쭉날쭉해 보이지 않게끔 했다. 빨간색은 제목에만 한 번 사용했다. '100만 원'이라는 글

씨는 하얀색으로 남겨두되 크게 강조했다. 쌍가마 같은 특징은 적어봤자 소용없을 것이었다. 제발 도와달라거나, 애타게 찾고 있다거나 하는 문장을 적는 것보다 유나의 모습을 각인시키는 편이 나았다. 소장에게 연락해 유나의 사진들을 받았다. 화질이 좋지 않았다. 그나마 또렷하게 나온 사진 두 장을 골랐다. 수평과 수직을 맞추는 일부터 시작했다. 노출과 색감을 조절하고, 노이즈를 감소시켰다. 선명도를 올렸다. 배경이 지저분한 사진 한 장은 누끼를 땄다. 유나의 사진이 포스터의 3분의 2 정도를 차지하게끔 큼지막하게 넣었다. 종이는 랑데뷰지를 선택했다. 눈이나 비에 쉽게 훼손되지 않도록 무광 코팅을 했다. 전단 500장, 포스터 100장, 현수막 네 개를 제작했다. 현수막 지정 게시대 사이트에 접속해서 접수를 넣었다. 다행히 경쟁이 치열하지 않았고, 산동사거리와 신중동역에서 가장 잘 보이는 자리에 현수막을 걸게 되었다. 목격 장소에서 반경 5킬로미터 내외에 있는 모든 동물병원에 찾아가 양해를 구하고 출입문에 포스터를 붙였다. 주민센터와 파출소, 랜드마

크가 될 만한 건물들과 카페들, 주변의 대단지 아파트 관리사무소를 찾아가 전단을 붙일 수 있도록 절차를 밟았다.

SNS에 웹 포스터를 올렸다. 동물과 관련된 계정들을 팔로우했다. 한 명, 한 명에게 DM을 보내 내 게시물을 공유해달라고 부탁했다. 유기동물 관련 사이트와 인터넷 카페 '강아지를 사랑하는 모임', 당근마켓과 중고나라에도 포스터를 올렸다.

폭설이 녹고, 덜 녹은 눈덩이들이 길 가장자리에서 얼어붙을 때쯤, 나는 포스터를 업로드하는 일을 그만두었다. 단체 채팅방도 폐쇄되었다. 임시 보호자의 SNS 계정도 사라졌다. 간혹 나는 임시 보호자의 부계정을 찾아갔다. 임시 보호자의 계정을 처음 염탐할 때 알아낸 계정이었다. 부계정은 중국어로 운영되었다. 중국에 있는 친구들과 소통하기 위한 창구인 듯했다. 대학 캠퍼스에서 만세를 부르는 모습이나 예술의전당에서 뮤지컬 팸플릿을 들고 있는 모습 등이 올라와 있었다. 자신의 무릎 위에 앉아 있는 고양이나, 커플 티를 맞춰 입은 강아지들도 있었다. 그가 임시 보호했던 강아지 세 마리는 여전히 그 집에서 살고 있었다.

별나는 동그란 배를 드러내고 잠들어 있었다. 두 다리를 활짝 벌리고 있었다. 예전에 채빈이 집에 데려왔던 동물들은 그런 자세로 잠들지 않았다. 동그랗게 몸을 말고 있거나, 앞발에 턱을 받친 채 잠들곤 했다. 뽀얗기만 했던 별나의 배에 검은 반점이 생겨날 때도 나는 그것이 질병인 줄 알았다. 별나의 몸이 나보다 따뜻하다는 것을 알았을 때도 별나가 감기에 걸린 줄 알았다. 별나가 헥헥, 소리를 내며 웃고 있을 때도 나는 그게 웃는 건 줄 몰랐다. 이제 그런 것들을 나는 알았다. 유나는 지금 어떠할까. 배를 드러내고 잠드는 순간이 유나에게도 있었을까. 별나는 온도 변화에 민감해서 조금만 추워도 콧물이 나고 몸을 떠는데, 유나도 그럴까. 추위도 거뜬하게 견뎌내고 있는 걸까.

임시 보호자가 SNS에 돌아왔다. 장문의 글을 올렸다. 동물보호소 소장이 비용을 돌려주지 않는다는 내용이었다. 유나의 전단지를 만들 때 각자 돈을 입금했다는 사실이 떠올랐다. 나는 임시 보호자에게 메시지를 보냈다. 만나고 싶다고 했다. 임시 보호자는 흔쾌히 그러자고 했다. 나를 소장에게 같은 피해를 본 사람이라고 여기는 것 같았다.

임시 보호자의 집은 타운하우스에 있었다. 적삼목 울타리로 둘러싸여 있었다. 하얀 조약돌이 깔린 길이 나타났다. 양옆으로 잔디밭이 펼쳐졌다. 어닝 아래에 파라솔과 캠핑 의자가 놓여 있었다. 여기저기에서 강아지들이 쏜살같이 튀어나왔다.

키 큰 애가 까망이예요. 꼬리 하얀 애가 초코, 작은 애가 콩콩이. 임시 보호 기간은 이미 끝났어요. 털이 까만 애들은 입양이 잘 안 되잖아요. 사람들이 하얀 아이를 제일 좋아하잖아요. 이상하지 않아요? 동양인이 노랗다고 노란 개만 좋아해야 한다는 건 아닌데. 흰 개를 제일 좋아하는 건 이상해요. 한국에 와서 처음 배운 단어가 '바퀴벌레'예요. 기숙사 룸메이트가 묻더라고요. 바퀴벌레 먹어봤냐고. 중국 사람들은 바퀴벌레 먹지 않냐고. 제가 한국어를 배우긴 했는데, '바퀴벌레'는 그때 처음 알았어요. 한국인이 해외여행 가면, 백인들이 '니하오'라고 인사한다면서요. 그러면 기분 나쁘다고요. 저한테도 백인들이 '니 하오'라고 해요. 저는 기분 안 나빴는데, 중국인이라서 그랬나 봐요. 제가 한국인이었으면 기분이 나빴을 것 같아요. 유나 잃어버리고서 사람들이 댓글 쓴 거 다 읽었어요. 제가 중국인이라서 개념이 없다고 적혀 있더라고요. 그 사람들 계정에 들어가 봤거든요. '믹스견은 사랑입니다'라고 적혀 있었어요. 종차별을 반대한다고 적혀 있었어요. 임시 보호 봉사활동을 시작해야겠다고 처음 결심했을 때, 여러 곳에 신청서를 넣었는데 다 거절당했어요. 서투른 한국어로 작성해서인 줄 알았어요. 번역가에게 맡겨서 신청서를 다시 작성했지만 마찬가지였어요. 입양을 신청할 때 조건이 중요하다는 건 저도 알고 있어요. 가족과 떨어져 살고 있는 미혼 여성이 동물들의 보호자 자격을 얻을 가능성이 희박하다는 것을요. 이상하지 않아요? 동물들은 조건 없이 사랑하길 바라면서 사람의 조건은 세세하게 따진다는 게. 임시 보호자는 입양 신청자만큼 조건을 따지지 않는다는 건 나중에야 알았어요. 혼자 사는 미혼 여성도 임시 보호는 가능하다는 사실을요. 제가 한국 사람이어도 거절을 당했을까요? 소장님이 저를 선택한 유일한 사람이었어요. 별나를 입양할 때도 비슷하지 않았나요? 이것저것 따져 묻지 않았을 거예요. 예전엔 그게 고마웠어요. 까망이랑 초코랑 콩콩이랑 입양 보내려면 더 열심히 홍보를 해야 하는데, 홍보를 못 했어요. 유나 안 찾고 홍보한다고 사람들이 욕할 것 같아서요. 얘네들 임시 보호한 거, 제가 그러자고 한 거 아니에요. 소장님이 부탁했어요. 유나는 이름표가 있고, 도망갔다 잡아본 적도 있다고. 금방 찾을 수 있을 거라고 했어요. 자기가 찾을 테니까 얘네 먼저 맡아달라고 했어요. 유나 먼저 찾아야 하지 않냐고 제가 말했거든요. 유나 찾느라고 소장님이 시간을 너무 많이 쓰고 있다는 거예요. 보호소의 다른 동물들도 못 돌보고 있다고. 거절할 수가 없었어요. 사람들이 SNS에 써놓은 것 보고 소장님한테 연락을 했어요. 사실대로 말하고 싶다고요. 소장님이 그러더라고요. 제가 욕먹으면 저 하나로 끝나지만, 소장님이 욕을 먹으면 보호소 전체가 욕을 먹는다고. 까망이, 초코, 콩콩이 입양할 사람을 찾아야 해서 소장님이 욕을 먹으면 안 된다고. 임시 보호 끝나기 전에 입양할 사람 꼭 찾아주겠다고도 약속했어요. 근데 인터넷에 아이들 홍보도 안 해주고 그 사이 애들이 다 커버렸어요. 중성화 수술을 해야 할 때가 다 됐어요. 세 아이 다 제가 입양할 수 있으면 좋겠지만, 제가 언제까지 한국에서 살지 몰라요. 얘네를 중국으로 데려가기도 어려워요. 소장님은 이제 제 전화는 안 받아요. 돈이 없으면, 아이들 계속 받으면 안 되잖아요. 전단 만들 때 보셨죠. 돈도 없으면서 사례금 적자고 하는 거. 그런 식이에요. 돈은 안 중요하다고 말하는데, 돈이 어떻게 안 중요해요? 병원비 있어야 애들이 살죠. 무작정 아이들 받고, 떠넘기고, 책임도 안 지고. 그게 유기랑 다른 게 뭔가요? 후원금 어떻게 썼는지 못 들었어요. 소장님이 개인 용도로 썼다는 건 알아요. 소장님은 보호소 일만 해요. 인건비, 필요하죠. 인건비 필요하면 인건비로 후원받아야죠. 사료비, 병원비 받아놓고 자기가 쓰면 안 되죠. 유나 공고도요. 실종 전단에는 9킬로그램, 진도 믹스 추정이라고 적혀 있어요. 입양 공고에는 5킬로그램, 스피츠 믹스 추정이라고 적혀 있어요. 입양 공고마다 거짓말을 해요. 별나가 폐렴에 걸렸던 것 알아요? 왜 폐렴에 걸렸는지 알아요? 태어난 지 40일밖에 안 된 아기를 목욕시켰대요. 사진 찍으려고 그랬대요. 어릴 때 깨끗하게 씻겨놓은 사진이어야 입양이 잘 된다면서. 소장님 말로는 궁둥이만 씻겼대요. 아이들한테는 그런 것도 치명적이잖아요. 별나 데려올 때 책임비 냈죠? 그리고 못 돌려받았죠? 펫숍이랑 뭐가 다른지 모르겠어요. 유나 잃어버린 거요. 저도 잘못이 있어요. 근데, 다 제 잘못은 아니에요. 아이들이 엄마 옆에 두 달은 있어야 하는데, 새끼들이 너무 빨리 사라졌잖아요. 그러니까 유나가 더 불안해하죠. 강아지만 보면 미친 듯이 뛰쳐나가죠. 제가 차창을 열어놨을 때, 길 건너에 강아지 안고 가는 사람이 있었어요. 새끼 찾아서 간 거예요. 이 얘기도 인터넷에는 올리지 말라고 했어요. 동물들 임시 보호하는 일, 다시는 안 할 거예요. 그렇지만 우리 까망이, 초코, 콩콩이, 얘네는 다 입양 보낼 거예요. 그러려면 제가 인터넷에 홍보를 할 수 있어야 하거든요. 저 말고는 홍보할 사람이 없어요. 제가 유나에 대한 누명부터 벗어야 해요. 오늘 제가 한 얘기요. 인터넷에 하나씩 올릴 거예요. 누명 벗고 아이들 다 입양보낼 거예요. 소장님은 이번에도 다른 동물들 생각하라고 하겠죠. 다른 동물들을 생각해서 그렇게할 거예요. 소장님은 동물보호소를 하면 안 돼요.

임시 보호자는 예고했던 대로 게시물을 하나씩 올렸다. 동물을 입양할 때 지불했던 책임비를 돌려받지 못했다는 사람, 후원을 하고 후원금 내역을 보지 못했다는 사람, 소장이 동물의 질병 유무와 특징 등을 속였다는 사람이 속속 나타났다. 임시 보호자의 편을 드는 사람과 소장의 편을 드는 사람으로 나뉘었다. 같은 단체 채팅방에 모여 유나를 찾던 사람들도 편이 갈렸다. 임시 보호자의 계정에 방문하는 사람이 늘어나자 까망이, 초코, 콩콩이에 대한 관심도도 높아져 갔다. 동물보호소 SNS에는 어떤 게시물도 올라오지 않았다. 연계병원 간호사의 SNS에는 이전과 똑같은 게시물만 올라왔다. 제발 이 아이 좀 봐주세요, 도와주세요. 이제 사람들은 유나에 대해 말하지 않았다. 서로 싸우기만 했다.

✝

봄이 왔고, 별나가 벌에 쏘였다. 토끼풀도 벌도 별나는 처음 보았기 때문이었다. 그래서 무작정 좋아했기 때문이었다. 별나의 엉덩이가 퉁퉁 부었다. 병원에 가서 벌침을 빼냈다. 주사를 맞고 약을 받아 왔다. 꿀 한 방울에 약을 타서 먹였다. 별나는 약 먹는 걸 싫어하면서도 좋아했다. 약의 쓴맛과 꿀의 단맛 사이에서 고개를 갸우뚱거리며 약을 받아먹었다.

"엄마도 벌에 엉덩이를 쏘였었댔는데."

별나의 입천장에 손가락을 넣어 약을 발라주며 채빈이 말했다.

"언제?"

"엄마가 열여섯 살 때."

엄마가 다닌 중학교 바로 뒤에 자그마한 산이 있었다. 학교 정문에서 산 옆으로 나 있는 도로를 빙 돌아가면 엄마가 살고 있는 마을이 나왔다. 도로를 따라가지 않고 산을 곧장 넘어가면 훨씬 빨리 마을에 도착할 수 있었다. 엄마는 종종 산길을 걸었고, 그날도 그랬다. 산 중턱까지 걸었을 때 갑자기 요의가 느껴졌다. 집에 도착할 때까지 참기가 어려울 것 같았다. 종종걸음으로 걷다가 엄마는 수풀 사이로 뛰어들어 갔다. 오줌 줄기가 빠져나오는 순간 벌이 엄마의 엉덩이를 쏘았다. 엄마는 놀라서 얼른 팬티를 입었고, 엉덩이 주변을 맴돌던 말벌 세 마리가 팬티에 딸려 들어가버렸다. 말벌들은 엉덩이를 여러 번 쏘았다. 집에 도착했을 때는 이미 독이 퍼져 열이 나고 있었다. 날카로운 것으로 엉덩이를 쑤시는 듯 아팠다. 마땅히 병원에 가야 할 일이었지만, 엄마의 가족은 무신경했다. 엄마는 혼자서 앓았다. 식은땀이 흐르고 어지러웠다. 의식이 오락가락했다. 이틀이 지나도 열이 떨어지지 않았다. 텅 빈 집에 누워 있다가, 엄마는 혼자서라도 병원에 찾아가야겠다는 생각이 들었다. 바깥으로 나와 병원을 향해 걸었다. 길에서 전봇대를 잡고 구토를 했다. 한 남자가 엄마에게 괜찮냐고 물었다.

"그 남자가 우리 아빠래."

아빠 얘기를 들은 건 처음이었다.

"엄마가 언제 그 얘기를 해줬어?"

"나 집 나갔다가 마트에서 잡혔을 때. 같이 돌아오면서 말해줬어."

그때 엄마는 집을 나가더라도 절대 친절한 남자를 따라가지 말라고 채빈에게 당부했다고 한다. 엄마는 채빈에게 새끼손가락을 내밀었다. 채빈은 엄마와의 약속을 지켰다. 그 약속이 자신을 지켜주었다고 채빈은 말했다.

약이 담겨 있던 종지를 들고 채빈은 일어섰다. 우리 별나 약 다 먹었네, 하며 별나를 칭찬했다. 별나에게 고구마 간식을 줬다.

채빈은 가끔 엄마 이야기를 했다. 엄마에게 이

모 말고 어린 나이에 죽은 다른 형제가 있었다거나, 디자인 공부를 하는 것이 엄마의 꿈이었다거나, 엄마가 마트에서 일할 때 동료 직원한테 고백을 받는데 거절했다거나. 나는 들어본 적 없는 이야기들이었다. 엄마가 혼자 데생 연습을 한 스케치북을 보여준 적도 있고, 20년 전에 연락이 끊어진 동창의 사진을 보여준 적도 있다고 채빈은 말했다.

유나의 이야기를 듣기 위해 나는 동물보호소 연계병원으로 향했다. 유리문을 열자 간호사가 접수대에서 일어섰다. 원장님은 수술 중이라고, 오후 두 시는 되어야 끝날 거라고 말했다. 별나가 간호사를 향해 달려갔다. 간호사가 별나를 끌어안았다.

"별나 많이 컸네."

간호사와 별나는 서로를 알아보았다.

별나가 유독 애교가 많았어요. 낯가림도 없고, 사람을 잘 따랐죠. 너무 약하게 태어나서 그런 것 같습니다. 형제 중에서 가장 작게 태어났거든요. 젖 싸움에서 진 것도 있고, 모유 양도 워낙 적었어서 별나는 인공수유를 병행했어요. 원래 애들은 젖병을 잘 못 물어요. 거부하는 경우도 많고요. 근데 별나는 젖병에 필사적으로 매달렸어요. 살아남으려면 사람을 좋아해야 한다는 걸 일찌감치 알아버린 것 같았습니다. 별나가 편식이 심하다니, 걱정하고 계시겠지만 저는 안심되는 면도 있어요. 편식이라는 게, 여러 원인이 있거든요. 믿는 구석이 있을 때에 하기도 해요. 식사를 거부하는 것과는 다른 거니까요. 혹시 어렸을 때 편식 안 하셨나요? 소장님 방식에 문제가 있긴 하죠. 이 병원에 소장님 앞으로 되어 있는 빚만 2천이 넘어요. 연계병원이 여기 한 군데는 아닐 테니, 빚이 얼마나 있는지는 몰라도 오래 버틸 수 없을 겁니다. 그때가 되면 저도 이 동물병원을 떠나야 할 거예요. 소장님을 이 병원에 소개해준 게 저거든요. 원래는 이곳이 지자체 동물보호소 연계병원이었어요. 나라에서 운영하는 동물보호소에서는 동물이 병에 걸려도 치료는 잘 안 합니다. 어차피 죽을 거니까. 지원금으로는 아이들 밥 먹이기도 부족해요. 지자체 동물보호소에 입소한 아이가 살아서 나갈 확률은 절반 정도죠. 안락사될 확률이 20퍼센트 정도. 자연사할 확률이 30퍼센트 정도. 말이 좋아 자연사지, 보호소에 안 들어왔더라면 병에 걸리지 않았을 아이도 많아요. 보호소 안에서 전염병이 자주 도니까요. 그게 안타까워서 원장님께서 봉사 활동하듯 시작한 거였어요. 치료도 해주고, 보호도 했죠. 아이들이 병원에 있으면 생존 확률이 80퍼센트 정도까지 올라가거든요. 입양 확률도 높아지고요. 병원을 찾는 손님들 사이에서 입소문이 퍼지니까요. 보호소는 입양 의지를 갖고 일부러 찾아가야 하지만, 병원에는 아이들 발톱 깎이러 오기도 하니까요. 그렇지만 지자체 보호소 연계병원은 어쨌든 지자체의 규칙을 따라야 해요. 일정 기간이 지나도 입양이 되지 않으면 안락사를 시켜야 한다는 거죠. 우리 병원은 규칙을 잘 지켰습니다. 죽이고, 죽이고, 또 죽였어요. 점점, 죽이려고 데려오는 건지 살리려고 데려오는 건지 모르겠더라고요. 그때 소장님을 만났죠. 동물보호단체에서 봉사자들 몰래 동물들을 안락사시켜왔다는 사실을 알게 된 이후에 소장님은 직접 동물보호소를 차렸어요. 절대로 동물들을 죽지 않게 하겠다, 그것 하나만은 지킬 거라고 하시더라고요. 그 말을 믿고 제가 저희 병원 원장님을 설득했습니다. 지자체 동물보호소 연계병원에서 소장님의 보호소 연계 협정으로 전환했죠. 소장님은 약속을 지켰어요. 소장님이 운영하는 동물보호소에서 동물이 살아서 나갈 확률은 90퍼센트가 넘습니다. 대단한 거죠. 그게 문제예요. 패턴은 비슷합니다. 유나 애기를 듣고 싶다고 하셨으니, 유나 애기를 해볼까요. 유나는 다른 동물보호소에서 구조되어 소장님의 동물보호소로 오게 된 아이입니다. 사설 동물보호소는 시설이 열악한 곳이 많아요. 말만 동물보호소지, 아이들을 한곳에 모아두고 방치하는 곳도 있죠. 유나는 바로 그런 동물보호소에서 태어난 아이였습니다. 태어난 지 5개월이 지나 있었고, 몸은 성체에 가까웠어요. 입양될 확률이 점점 줄어든다는 얘기죠. 문의가 한 건도 없었어요. 그러던 어느 날 입양 문의가 들어왔습니다. 30대 여성이었는데, 카레 전문점을 운영하고 있고 열 살짜리 아이가 있다고 했습니다. 집 사진을 찍어서 보내줬는데 현관 중문 사진을 따로 보냈어요. 유나에게 무엇이 필요한지를 잘 알고 있는 사람이었습니다. 소장님은 바로 다음 날 유나를 입양 보내기로 했어요. 마음이 바뀌기 전에 보내야 한다는 생각이 든 거죠. 그분의 주민등록증 사진만 받고 소장님은 입양 절차를 밟았습니다. 원래는 입양자가 보호소에 찾아와야 맞지만, 일이 바쁘고 멀어 찾아오기 어렵다고 하길래 아파트까지 유나를 데려다주기로 했다고 합니다. 약속시간이 되었는데 여자가 나오질 않았다 하더라고요. 갑자기 가게 식기세척기가 고장이 나서 부엌이 물바다가 되었다고, 그래서 지금 갈 수가 없다고 문자가 왔대요. 그렇지만 자신의 아이가 유나를 너무 기다려왔다고, 아이를 대신 보낼 테니 아이를 통해 유나를 보내달라고 했답니다. 이상하다는 생각이 들었지만 소장님은 아이에게 유나를 안겨줬고, 아이가 아파트로 잘 들어가는 것까지 지켜봤다고 합니다. 그리고 연락이 끊겼죠. 유나가 잘 지내고 있는지 알고 싶으니 사진을 보내달라고 해도 묵묵부답이었습니다. 그제야 소장님은 주민등록증에 적힌 주소와 아이를 만난 주소가 일치하지 않는다는 사실을 알았답니다. 그런 경우가 흔하긴 하죠. 이사를 갈 때마다 주민등록증을 바꿀 수는 없으니까요. 어쨌든 아이가 도대체 이 아파트 몇 호에 살고 있는지를 알 수가 없었어요. 관리사무실을 통해 방송을 내보냈지만 성과는 없었고, 결국 파출소를 통해 찾아야만 했습니다. 그러는 동안 이틀의 시간이 허비되었어요. 모든 것이 아이의 자작극이었습니다. 엄마인 척을 하며 소장님과 문자메시지를 나누고, 엄마의 지갑에서 주민등록증 사진을 찍어서 보낸 거였어요. 엄마에게는 길에서 동물을 주웠다고 거짓말을 했다고 합니다. 아이의 엄마는 당장 원래 자리에 개를 두고 오라고 말했고요. 그래서 아이는 유나를 밖에 그냥 놔줬답니다. 두 달이 지나 유나를 다시 찾았을 때는 이미 임신 상태였습니다. 소장님이 절차를 제대로 밟았더라면, 일어나지 않을 일이에요. 중고상품을 거래하듯 길거리에서 유나를 넘기지 않고 그 집까지 데려다주기만 했더라도. 유나가 버려지기 전에 찾을 수 있었을 거예요. 이런 일이 한두 번이 아닙니다. 소장님한테는 도무지 절차라는 것이 없어요. 아무리 말해도 소용이 없어요. 그냥 닥치는 대로 일을 합니다. 해서는 안 될 일과 해도 되는 일을 구분하질 않아요. 그런데요, 그래서 생존율이 90퍼센트 이상인 겁니다. 별나를 입양하실 때는 어땠나요? 별나의 사진을 보고 입양 신청을 하셨겠죠. 갓난아이를 씻기면 매우 위험하다는 사실을 소장님이 몰랐을까요? 당연히 알고 있었을 겁니다. 간호사인 제가 곁에 있기 때문에, 설령 병에 걸리더라도 죽지는 않을 거라는 것까지 계산을 한 거예요. 그 사진을 찍느라 별나는 폐렴에 걸렸고 죽을 뻔했지만, 그 사진 때문에 입양이 될 수 있었던 겁니다. SNS에서 사람들이 하는 말을 저도 읽었습니다. 욕을 안 먹는 방법은 간단합니다. 절차대로 하면 됩니다. 아이들을 무리해서 받지 않으면 돼요. 정평이 나 있는 동물보호단체는 아이들에게 쾌적한 환경을 제공하기 위해 일정하게 개체수를 유지합니다. 소장님은 그걸 못 합니다. 안쓰러운 아이를 보

106

면 어떻게든 보호소로 데려와야 하는 사람이에요. 자꾸 늘어나는 아이들을 감당하기 위해 지자체 동물 보호소에서는 공고 기간이 지난 아이들을 계속 안락사시킵니다. 지자체 동물보호소가 절차대로 아이들을 안락사시킬 때, 뭐라고 하는 사람을 본 적이 있나요? 모르겠어요. 소장님의 보호소가 실패했다는 것, 그래서 망할 거라는 건 분명해 보입니다. 저도 유나를 찾길 바랍니다. 하지만, 찾고 나면 유나는 어떻게 될까요? 운이 좋으면 입양이 되겠죠. 어쩌면 안락사를 시키지 않는 다른 동물보호소로 가게 될 수도 있습니다. 그럴 확률은 몇 퍼센트가 될 것 같습니까? 유나의 생존 확률은 어느 쪽이 더 높을까요? 안일까요, 밖일까요?

간호사의 목소리는 담담하고 차분했다. 별 감정 없이 식사를 하듯이 이런 고민을 오래 반복해온 듯했다. 입원실에서 동물의 울음소리가 들려왔다. 간호사가 내게 고개를 살짝 숙여 인사를 했다. 그리고 뒤돌아 입원실 문을 열었다. 입원실 칸칸이 있던 동물들이 일제히 간호사를 반기고 있었다.

별나도 예전에는, 저 동물들 중 하나였을 것이다.

별나가 실외 배변을 고집하기 시작하면서, 새로운 루틴이 생겼다. 채빈이 출근하기 전에 별나를 먼저 산책시켰다. 점심을 먹고 난 뒤에는 내가 별나를 산책시켰다. 채빈이 퇴근을 하고 돌아오면 채빈과 내가 함께 별나를 산책시켰다. 어둑해져가는 길에는 산책을 하는 사람이 많았다. 야광 셔틀콕이 허공을 가로지르고 있었다. 별나는 그 셔틀콕을 잡고 싶어 했다. 엄마가 들려준 이야기들을 채빈은 하나씩 내게 들려주었다. 그날 채빈은 닭에 대한 이야기를 했다.

"엄마가 어렸을 때 다른 집에는 다 닭장이 있었대. 엄마네 집에만 닭장이 없어서, 친구네 집에 닭 구경을 자주 갔대. 어느 날엔가는 병아리 두 마리를 친구가 그냥 줬대. 그래서 집으로 데려왔는데, 병아리가 너무 시끄럽다고 할머니가 그랬다는 거야. 어차피 마당 닭장에서 살던 애들이니까, 일단 마당에 두라고 했대. 그래서 엄마가 병아리를 상자에 넣어 마당에 뒀대. 불을 끄고 누웠는데 마당

에서 병아리들이 계속 울더래. 쟤네가 계속 울어
서 할머니가 더 화를 내면 어쩌나, 마당이 아니라
아예 집 밖에 내쳐버리면 어쩌나, 걱정이 되어서
잠이 오질 않더래. 병아리들이 조용해지기만을 기
다렸대. 몇 시간이 지나니까 다 조용해졌대. 그제
야 엄마도 안심하고 잠을 잤대. 다음 날 일어났더
니, 병아리들이 다 죽어 있었대. 할머니한테 가서
병아리들이 다 죽어버렸다고 말을 했더니, 할머니
가 걔네를 밤새 바깥에 뒀냐고 했다는 거야. 일단
마당에 두라고 했지, 밤새 두라는 말은 아니었다
고. 초봄인데 어미도 없이 밖에 있으면 당연히 얼
어 죽는다고. 병아리들이 조용해졌던 그 순간, 엄
마가 안심을 했던 그 순간, 병아리들은 죽은 거야.
자기가 밤새 기다린 게 병아리들이 죽는 순간이었
다는 게 엄마는 너무 끔찍했대. 그래서 엄마가 병
아리들을 키우고 싶어 했나 봐."

"엄마가 병아리를 키우고 싶어 했다고?"

나는 채빈의 말을 자르고 물었다. 채빈은 고개
를 끄덕였다. 채빈은 그저 병아리가 좋았던 것뿐,
키울 생각까지는 해본 적이 없었다고 했다. 길에

서 병아리를 구경할 때에도 마찬가지였다고 했다. 채빈은 그저 쪼그려 앉아서 병아리를 보고 있었을 뿐이었다고. 오늘 팔리지 않으면 다 죽을 거라는 병아리 장수의 말에 돈을 내밀고 병아리를 모두 데려온 건 엄마였다고.

내 기억 속에서 채빈은 박스를 들고 있었다. 박스 안에 여덟 마리의 병아리가 담겨 있었다. 채빈의 기억 속에서는 엄마가 박스를 들고 있었다. 박스 안에 여덟 마리의 병아리가 담겨 있었다.

구피와 베타도, 거북이와 달팽이와 소라게, 개미와 무당벌레, 햄스터와 토끼까지. 채빈은 엄마가 데려온 것들을 돌본 것뿐이라고 했다.

"개는? 고양이는?"

"내가 데려올 때도 있었지."

"엄마도 개랑 고양이를 데려왔다고?"

"응."

나는 우리 집에 머물던 개와 고양이들을 차례차례 떠올려보았다. 몇 마리나 집에 있었는지 정확히 기억나지 않았다. 채빈이 동물들을 데려왔던 순간들만 또렷하게 기억에 있다. 그리고 덤프트럭 밑에서 채빈이 발견되었던 날이 떠올랐다.

"엄마가 반대했잖아. 그래서 네가 집도 나갔잖아. 덤프트럭 밑에서 네가 개랑 숨어 있다가 발견된 거. 기억 안 나?"

채빈은 물끄러미 나를 쳐다보았다.

"기억나지. 그날 집에 우리 둘밖에 없었어. 언니가 개를 원래 있던 자리에 두고 오라고 했잖아. 그래서 내가 개랑 나갔잖아."

무슨 헛소리를 하는 거냐며 나는 목소리를 높였다. 채빈은 입을 다물어버렸다.

침대에 누워 나는 채빈이 한 말을 천천히 곱씹었다. 죄책감 때문에 채빈이 기억을 왜곡하고 있다는 생각이 들었다. 채빈 또한 나를 그렇게 여길 것이었다. 나는 그날을 떠올렸다.

파출소에 신고 전화가 온 건 밤 9시가 막 지났을 무렵이었다. 아이들이 또 집단 성관계를 맺고 있다고 사장은 말했다. 사장이 말해주지 않아도 몇 호인지 경찰들은 이미 알고 있었다. 신라장 312호.

개천을 따라 포장마차촌이 형성되어 있었다. 포장마차촌 옆에는 유흥가가, 그 뒤에는 상가주택이 밀집해 있었다. 상가의 1층은 대부분 사무실이었는데, 사무실 간판을 달고 있을 뿐 배달 전문 다방이었다. 그 상가주택 옆쪽으로 여관들이 몰려 있었다. 신라장은 그중에서 가장 오래된 여관이었다. 사람들은 이 지역을 찾아올 때 택시 기사에게 "신라장으로 가주세요"라고 말하곤 했지만 정작 최신 모텔에 밀려 달방을 사는 장기 숙박 손님이 주 고객이었다. 신라장 312호에는 열다섯 살짜리 여자아이가 혼자 살았다. 사장은 딱 한 번 그 아이의 엄마를 본 적이 있었는데, 그 방을 얻을 때였다. 멀리 일을 하러 가는데 아이 혼자 지낼 달방을 찾고 있다고 했다. 아이 혼자라면 방을 내줄 수 없다고 하자 여자는 매달 일정한 금액을 더 보내겠다고 했다. 월세는 밀리지 않고 꼬박꼬박 입금되었다. 사장은 종종 312호실을 찾았다. 아이가 음식은 잘 챙겨 먹고 있는지, 학교에는 잘 다니고 있는지 살폈다고 했다. 쥐 죽은 듯이 조용했던 여자애는 어느 날부터인가 방에 친구들을 끌어들였다.

탈색을 한 아이와 문신을 한 아이가 있었는데 교복을 입지 않은 것으로 보아 학교에 다니지 않는 것 같았다고 했다. 사장은 여자애가 걱정되었고, 친구들을 데려오지 말라고 여러 번 주의를 주었다. 그즈음부터 월세가 늦게 입금되기 시작했다. 두 달 치가 밀린 이후에 한 달 치만 들어온다거나 하는 식이었다. 312호실은 점점 시끄러워졌다. 다른 방에서 항의가 들어오기 시작했다. 사장이 문을 두드리면 조용해졌지만 그때뿐이었다. 여관은 엄연히 인원수에 따라 돈을 받는 곳이었고, 더 많은 사람이 머물려면 요금을 더 많이 지불하는 것이 맞다고 사장은 생각했다. 312호 아이는 친구들이 잠깐 놀러 온 것뿐이라고 말했다. 놀러 왔다는 아이 중 몇 명이나 몰래 숙박을 하는 건지 사장은 알 수 없었다. 미성년자들이 드나든다는 것 자체가 골치 아팠다.

두 명의 경찰관이 312호실에 도착했다. 아이들은 문을 열어주지 않았다. 사장이 마스터키를 들고 와서 문을 열었다. 방은 깔끔하게 정리되어 있었다. 남자아이들은 보이지 않았다. 창문이 열려 있었다. 경찰은 창문 밖으로 상체를 내밀었다. 창문 아래에 사람이 밟을 수 있을 만한 턱이 있었고, 그 옆으로 가스관이 바닥까지 이어져 있었다. 경찰 한 명이 남자아이들을 찾기 위해 바깥으로 나갔다. 경찰 한 명은 방에 남았다. 여자아이들은 일곱 명이었다. 차례차례 이름과 나이를 물어보았다. 채빈도 그중 한 명이었다. 한 아이가 방 바깥으로 도망을 가려 했고, 경찰이 아이를 붙잡았다. 그러자 아이들이 경찰을 폭행하기 시작했다. 순식간이었다. 아이들은 모조리 도망쳤다. 여관 입구에서 세 그룹으로 흩어졌다. 두 아이는 포장마차촌으로, 두 아이는 유흥가로, 세 아이는 상가주택 쪽으로 달렸다. 채빈은 상가주택 쪽으로 달린 무리에 끼어 있었다. 골목을 뛰다가 아무 건물에 들어갔다. 옥상 문은 열려 있었다. 아이들은 옥상 문을 잠그고 옥상 지붕에 앉았다. 박공지붕이었는데 기울기가 상당했다. 한 아이가 지붕 끄트머리에 납작하게 누워서 동향을 살폈다. 경찰차가 느릿느릿 지나가는 것이 보였다. 아이들을 찾고 있었다. 그때 채빈이 주머니에서 휴대폰을 꺼냈다. 엄마에게 전화를 걸었다. 도와달라고 말했다.

경찰이 폭행을 당했다는 소식에 파출소에 있던 경찰 전원이 달려 나왔다. 아이들을 수색하기 시작했다. 엄마가 박공지붕에 도착한 것은 10시 10분 무렵이었다. 포장마차촌으로 도망친 아이들은 10시 19분에 잡혔다. 포장마차촌 뒤에는 개천이, 앞으로는 광장이 있어 어느 쪽으로 이동하든 눈에 띌 수밖에 없었다. 같은 시각 유흥가로 도망쳤던 아이들은 택시를 타고 이동 중이었고, 채빈이 숨어 있던 상가주택 입구로 경찰이 들어서고 있었다. 경찰이 들어간 다섯 번째 건물이었다. 옥상 손잡이를 돌려보았지만 잠겨 있었다. 경찰은 문에 귀를 붙이고 소리를 들었다. 안쪽에서 소리가 들렸다. 싸우거나 다그치는 소리 같았다고 경찰은 기억했다. 경찰은 관리인에게 옥상 열쇠를 받아내기 위해 일단 계단을 내려갔다. 엄마는 10시 23분에 박공지붕에서 떨어졌다. 채빈은 박공지붕 위에서 발견되었다. 다른 아이 두 명은 옥상 물탱크 위에서 발견되었다. 사다리를 타고 올라가 물탱크 위에 숨어 있었다.

10시 19분부터 23분까지. 경찰이 문을 두드리다가 계단을 내려가기까지의 시간. 그 4분 사이에 옥상에서 엄마는 추락사했다. 나는 문 너머에서 들리는 소리에 귀를 기울였다. 다그치거나 싸우는 소리가 누구의 목소리인지, 어떤 말이 들리는지 들어보려 했다. 채빈은 지붕에서 무엇을 보았을까.

✝

공기가 텁텁했다. 짧은 봄이 지나가고 여름이
오고 있었다. 지난겨울에 길거리에 붙여놓은 내
포스터들이 떠올랐다. 유나를 찾으면 자진 수거하
겠다고 나는 포스터에 적어두었지만 지금껏 포스
터들을 수거하지 못했다. 유나를 포기해도 되는
시점이 언제인지를 알 수 없었다. 종이들은 다 어
떻게 되었을까. 좋은 종이를 사용했고 코팅도 했
으므로 여전히 잘 붙어 있을 수도, 누군가 다 떼어
버렸을 수도 있었다. 붙어 있는 상태로 빛이 바래
고 훼손되어 내용을 알아보기 어려울 수도 있었
다. 나는 휴대폰을 집었다. 소장의 SNS 계정에 새

로운 게시물이 올라와 있었다. 유나를 찾았다고 적혀 있었다.

산동사거리에서 북쪽으로 2킬로미터 떨어져 있는 금마산 초입 개농장에서 유나는 발견되었다. 유나의 동선을 탐색하고 전단을 통해 홍보를 했지만 성과가 없자, 소장은 혼자 신중동역부터 개농장들을 찾아다녔다고 했다. 유나가 발견된 개농장에 잡혀 있는 개는 60마리 정도로 추정되었다. 개농장 주인이 소유권을 주장하는 바람에 개들을 모두 구출할 수는 없었지만, 매일매일 찾아가서 설득한 끝에 우선 세 마리 개의 소유권 포기를 받아낼 수 있었다. 유나가 갇혀 있던 뜬장에는 여러 마리의 개가 함께 있었다. 뼈를 드러낸 채, 아사한 듯한 강아지도 있었다. 유나도 이전과는 다른 모습이었다. 잘 먹지 못해 갈비뼈가 선명히 드러났다. 다리와 엉덩이의 털은 듬성듬성 빠졌고, 치아는 심각하게 닳아 있었다. 철창을 물어뜯어온 듯했다. 이름표가 남아 있지 않았더라면 유나를 알아보지 못했을 거라고 소장은 적었다. 살이 빠져 헐렁해지고 너덜너덜해진 목걸이 이름표에는 선명하게 '유나'라고 적혀 있었다. 그 이름표가 없었더라면 개농장 주인은 소유권을 포기하지 않았을 것이었다. 동물보호법은 반려동물에만 해당하기 때문이었다. 개농장 주인이 개를 얼마나 학대하든, 반려동물이 아니라면 법적으로 처벌이 불가능했다. 유나 외에 두 마리를 더 풀어준 것은 이 정도로 하고 넘어가달라는 의미였다. 소장 혼자만의 힘으로 모든 개를 구하는 것은 역부족이었다. 많은 사람이 함께 시에 민원을 넣어야 했다. 봉사자들과 동물보호단체의 연대가 필요했다. 유나의 전후 사진을 올리며 소장은 간곡하게 호소했다.

보호소는 구미 외곽지역에 있었다. 내가 있는 곳에서는 차로 두 시간 남짓한 거리였다. 유나를 잃어버린 신중동역이나 서울의 동물병원에서는 세 시간이 넘게 걸리는 곳이었다. 소장이 여섯 시간의 거리를 계속 왕복해 가며 유나를 찾아다녔다는 것을 나는 그때 알았다.

외부인한테는 보호소를 못 보여드려요. 처음에는 다 보여드렸습니다만, 아이들이 스트레스를 받아서요. 모르는 사람들이 자꾸 쳐다보고, 말 걸고, 손 내밀고. 그런 게 아이들을 힘들게 해요. 그렇지만 여기까지 오셨으니까. 또 별나 보호자시기도 하고. 간단하게만 보여드릴게요. 보호소는 1동, 2동, 3동으로 되어 있어요. 컨테이너 안쪽이 1동이에요. 상처가 있거나 감기에 걸렸다거나 임신을 했다거나 특별히 자주 들여다봐야 하는 아이들이 실내에서 지내요. 지금은 아홉 마리 정도 있어요. 유나는 3일 정도 실내에서 지냈어요. 지금은 3동으로 이동해 있고요. 그러니까 내부를 보실 필요는 없어요. 봉사자로 오시면 보여드릴게요. 여기가 2동이에요. 3동으로 가려면 2동을 지나가야해요. 냄새가 좀 나죠. 이해해주세요. 여기에는 돼지 두 마리, 닭 스물두 마리, 염소 한 마리랑 거위 여섯 마리가 지내요. 동물보호소에 닭이나 염소가 있는 건 처음 보시죠. 다들 그래요. 농장이냐고요. 사람들은 동물보호소라고 하면 개랑 고양이만 생각하는 것 같아요. 무슨 닭을 보호하냐면서, 재밌다는 듯 웃는 사람도 있었어요. 얘들은 여기 아니면 갈 수 있는 보호소도 없어요. 동물인데도 동물보호소에 못 가요. 동물원의 호랑이나 수족관 돌고래한테는 관심이 몰리는데, 풀어주자는 운동도 많이들 하는데, 애네는 매일 도살되어도 관심을 못 받아요. 저기 돼지 두 마리 보이시나요. 허니랑 핑키예요. 허니는 덩치만 크지, 성격이 소심한 편이에요. 핑키는 말썽꾸러기고요. 핑키가 허니를 자주 놀려 먹어요. 그렇지만 허니가 한번 화를 내면 핑키는 꼼짝도 못 해요. 어쨌든 둘이 늘 꼭 붙어서 함께 잠을 자요. 둘 다 심한 관절염을 앓고 있고, 발치를 당한 흔적이 있어요. 좁은 우리에 갇혀 살아서 그래요. 아, 핑키는 '앉아'랑 '돌아'도 해요. 허니도 할 줄은 아는데, 알면서도 잘 안 해요. 특식 줄 때만 하고요. 봉사하는 분들이 학습을 시켰더라고요. 사람의 언어를 학습하는 게 동물의 생존에 어느 정도 도움이 되는 건 사실인데, 그게 좀 씁쓸하기도 해요. 둘이서 한 달에 먹는 사료양만 160킬로그램 정도 돼요. 여기 있는 아이들은 입양 보내는 건 포기했어요. 축산 업체에서나 탐내겠죠. 책임비 못 돌려드린 건 죄송해요. 전단 사례금도요. 여기 오시겠다고 하셨을 때, 책임비랑 사례비 돌려받으러 오시는 것 아닐까 걱정했어요. 일종의 분배 역할을 했다고 저는 생각해요. 사회에서도 빈부격차가 너무 심해지면, 정부가 개입을 해서 세금을 걷고 그 세금으로 복지정책을 펼치잖아요. 인기가 많은 아이들은 늘 따로 있으니까. 후원금에서 남으면 다른 아이들한테 사용하는 게 낫지 않나 했어요. 딱 한 번 후원금으로 옷을 산 적이 있어요. 동물들을 병원에 맡기고 집으로 돌아가려는데, 함께 병원에 있던 임시 보호자가 제게 식사는 하셨느냐고 물었어요. 종일 아무것도 못 먹었다는 걸 그제야 알았어요. 임시 보호자와 함께 식당을 찾아 걸었어요. 주말이었어요. 잘 빼입은 사람들이 제 옆을 지나갔어요. 쇼윈도에 임시 보호자와 제 모습이 비쳤어요. 그분이 워낙 훤해요. 저도 모르게 내 꼴 좀 봐, 하고 중얼거렸어요. 저도 이전엔 안 이랬어요. 원래는 피부관리숍에서 일을 했어요. 사람 얼굴만 들여다보면서 사는 게 지긋지긋해서 그만뒀는데, 막상 짐승 같은 제 모습을 보니 좀 부끄러웠어요. 블라우스라도 한 장 사자고 말한 건 옆에 있던 임시 보호자였어요. 내 자신도 돌봐야 한다고 그랬어요. 저한테 잘 어울리는 블라우스도 골라줬고요. 임시 보호자가 사주시는 건 줄 착각하고 있었어요. 카운터로 옷을 가져갔는데 뒤에 가만히 서 계시길래 당황한 나머지 지갑에 있는 돈으로 결제를 했어요. 동물들은 제게서 등을 돌리지 않을 거예요. 사람이 아니니까요. 그 개농장에 있는 다른 아이들을 구해내려면 여론을 뒤집어야 해요. 임시 보호자는 더는 동물들의 편이 아니에요. 임시 보호 일도 그만두겠다고 하셨으니까요. 그분은 언젠가 한국을 떠나 자신의 자리로 돌아가겠죠. 저는 이곳이 제 자리예요. 누가 유나를 잃어버렸는지, 또 누가 유나를 찾았는지 생각해주세요. 이쪽이 3동이에요. 유나는 왼쪽 네 번째 울타리에 있어요.

3동 출입구를 열자 개들이 일제히 짖기 시작했다. 나는 소장의 뒤를 따라 천천히 복도를 가로질렀다. 복도 양옆으로 나 있는 울타리 안에서 개들이 꼬리를 흔들며 점프를 했다. 네 번째 울타리 앞에서 소장이 멈춰 섰다. 유나는 케널 깊은 곳에 있었다. 몸은 웅크린 채 목만 쭉 빼고 경계했다. 소장이 울타리 문을 열고 안으로 들어갔다. 소장이 유나를 불렀다. 유나는 움직이지 않았다. 유나가 자기 이름을 잊어버렸다고 소장은 말했다. 소장이 주머니에서 간식을 꺼냈다. 유나는 자세를 낮추고 한 발씩 케널에서 걸어 나왔다. 사진 속 유나는 코가 검은색이었다. 수염과 털은 하얀색이었다. 지금의 유나는 코에 검은색과 분홍색이 섞여 있었다. 등줄기에 브이 자 모양으로 노란 털이 나 있었다. 믹스견들은 원래 커가면서 얼룩이나 코의 색깔이 잘 바뀐다고 소장은 말했다. 유나를 닮았다면 별나도 코의 색깔이 바뀔 것이라고 했다. 유나는 고개를 푹 숙인 채 간식을 먹었다. 다 먹고 나자 킁킁거리며 땅 냄새를 맡았다. 부스러기가 떨어지지 않았나 찾는 듯했다. 땅에 아무것도 없다는 것을 확인하고 유나는 고개를 들어 소장을 쳐다보았다. 소장이 주머니에서 간식 하나를 더 꺼냈다. 그리고 그것을 내게 주었다.

"직접 주세요."

나는 울타리를 열고 안으로 들어갔다. 바닥에 쪼그려 앉아, 유나에게 간식을 내밀었다. 유나는 한 걸음씩 내게 다가왔다. 내 무릎 앞에 앉아 간식을 먹었다. 그리고 나를 보며 웃어주었다. 유나의 목에 이름표가 달려 있었다.

면파이핑 줄에 매달려 있는 나무 펜던트. 명조체로 적혀 있는 '유나'라는 이름.

전단을 만들기 위해 사진을 보정하면서 나는 사진 속 유나의 구석구석을 자세히 보았다. 그림자가 져서 잘 보이지 않는 부분이나 초점이 맞지 않는 부분은 더욱 신경 써서 봤다. 유나의 이름표도 그런 부분 중 하나였다. 모니터에 꽉 차게 이름표를 확대해서 픽셀 단위로 찍어가며 보정했다.

비슷한 폰트를 사용했지만 자간과 장평이 달랐다. '유'와 '나'가 가까웠다. 두께는 더 굵고, 'ㄴ'의 세리프는 기울기가 더 낮았다. 나만은 알아볼 수 있었다. 이건 유나의 이름표가 아니었다.

유나는 나를 보며 웃었다. 나는 유나에게 간식을 하나 더 주었다.

"유나 몸무게가 어떻게 되나요?"

나는 소장에게 물었다.

"10.4킬로그램이요."

"입양 공고에는 5킬로그램이라고 적혀 있었죠. 실종 전단에는 9킬로그램이었고요. 실종 전단 사진보다 살이 많이 빠진 것 같은데, 몸무게는 늘었네요."

"그러게요. 유나가 몸만 커졌나 봐요."

소장은 애석하다는 듯 유나를 쳐다보았다. 나는 호흡을 가다듬었다. 소장은 유나와 계속 눈을 맞추었다. 그의 얼굴은 온화하고 따뜻해 보였다.

"얘는 유나가 아니잖아요."

소장이 나를 향해 고개를 돌렸다. 흘러내린 머리카락을 귀 뒤로 천천히 넘겼다.

"무슨 말씀을 하시는 건지."

"이건 유나의 이름표가 아니에요."

소장이 눈을 깜빡였다. 그러곤 시선을 비스듬히 깔았다. 소장의 눈동자가 흔들리는 것이 보였다. 내가 어디까지 알고 있는지를 계산하는 것처럼 보였다.

"이전에 유나를 잃어버렸을 때도 이렇게 하셨나요."

나는 물었다.

"네?"

겁먹은 표정으로 소장이 되물었다.

"그때에도 이름표만 만들어주신 거냐구요. 유나를 찾은 적이 한 번도 없었던 거예요?"

"억측이 지나치시네요."

소장이 나의 말을 잘랐다. 눈빛에 화가 담겨 있었다. 유나가 나와 소장을 번갈아가며 쳐다보다 한 걸음씩 소장에게 다가가, 소장의 발 옆에 똬리를 틀었다.

"맞아요. 제가 이름표를 만들어줬어요. 당신 같은 사람들 때문에. 이름표가 없다면 누가 얘가 유나라는 걸 믿겠어요? 근데, 이름표가 가짜인 거랑 유나가 무슨 상관이 있는 건지 저는 모르겠네요. 착각하고 계신 것 같아요. 유나에 대해 뭘 좀 안다고. 이전에는 유나를 본 적도 없으면서. 유나를 구조한 사람은 나예요. 목욕을 시키고 발톱을 깎이고, 귓속을 청소하고 눈곱을 떼고. 매일매일 유나를 보고 듣고 만진 사람이 나라구요. 유나가 출산을 할 때도 제가 직접 가서 아이들을 받았어요. 아무리 달라졌어도 나는 유나를 알아볼 수 있어요.

모두가 못 알아봐도 얘가 유나인지 아닌지 그걸 확신할 수 있는 사람은 나밖에 없다고요."

그 순간에도 나는 소장의 말이 거짓인지 진실인지를 가늠하고 있었다. 만약 내가 이전에도 유나를 본 적이 있었더라면, 이 아이가 유나인지 아닌지를 알아챌 수 있을 정도로 유나를 잘 알았더라면 이런 고민은 필요 없었을 것이었다. 나는 문을 열고 울타리 밖으로 나왔다. 별나가 몹시 보고 싶었다.

"다른 사람들한테 말할 건가요."

등 뒤에서 소장이 말했다. 나는 뒤를 돌아보았다.

"마음대로 하세요. 사실을 말할 뿐이라고 생각하겠지만, 거짓말을 한 셈이 될 거예요. 얘는 유나니까. 그것만 진실이거든요. 그리고 당신이 입을 여는 순간 유나는 갈 곳을 잃을 거예요."

✝

현관문을 열자 어둠 속에서 별나가 뛰어왔다. 내가 서둘러 나가다가 집에 불을 켜두는 것을 잊었던 것이다. 창문은 닫혀 있었고 선풍기와 라디오도 꺼져 있었다. 덥고 적막하고 어두웠을 것이었다. 창문을 열어 밤바람이 들어오게 하고 선풍기부터 틀었다. 별나의 물그릇에 얼음물을 채워주었다. 별나는 허겁지겁 얼음물을 마셨다.

퇴근을 한 채빈이 집에 왔고, 채빈과 함께 별나를 산책시키기로 했다. 함께 천변을 걸었다.

"오늘 유나를 만나러 갔었어."

나는 채빈에게 말했다.

"유나를 찾았어?"

채빈이 물었다.

"모르겠어. 나는 유나를 알아볼 수가 없었어."

별나는 풀 냄새를 맡았다. 매일 오가는 똑같은 길이었지만 바람이나 온도에 따라 풀 냄새는 변할 것이었다.

"엄마가 옥상에서 떨어지던 날에, 무슨 일이 있었던 거야?"

나는 채빈에게 물었다. 채빈은 한참 동안 말이 없었다.

"언니."

채빈이 나를 불렀다.

"응."

"그날 다 말했어."

그날 채빈과 친구들은 신라장 312호실에 모여 있었다. 친구 중 한 명이 128화음짜리 최신 휴대폰을 구입했고, 벨소리를 들려주며 휴대폰 자랑을 하고 있었다. 그때 경찰이 문을 두드렸다. 이전에도 경찰이 이 방을 찾은 적이 있었다. 애초에 없었던 남자애들을 찾으며 소리를 질렀다. 아이들의 가방을 일일이 확인하고 집 안을 들쑤셔놨다. 한 아이가 방 창문을 열었다. 바깥을 내다봤다. 아이들이 한 명씩 창밖을 내다봤다. 아이들은 그냥 방에 있기로 했다. 경찰들이 열심히 찾아봤자 나올 만한 것이 아무것도 없었으므로, 결국엔 조용히 돌아가야 할 것이었다. 곧 방문이 열렸다. 경찰 두 명이 들어왔다. 한 명이 창밖을 내다봤다. 창문을 통해 남자애들이 빠져나간 것 같다고 말했다. 한 명, 한 명 이름과 나이를 묻기 시작했다. 모든 아이의 부모를 파출소로 소환하겠다고 경찰은 말했다. 집단 성관계를 했다고 말하겠다고 했다. 한 아이가 문을 향해 갔다. 경찰이 그 아이의 머리채를 잡아챘다. 다른 아이가 경찰의 팔을 붙잡았다. 한 손으로 머리채를 쥔 채, 경찰은 다른 손으로 주먹을 쥐었다. 그 주먹으로 말리는 아이의 얼굴을 때렸다. 아이들은 순식간에 경찰에게 달려들었다. 주먹과 발을 휘두르는 경찰에게 똑같이 주먹과 발을 휘둘렀다. 경찰이 넘어지자 다 같이 바깥으로 뛰어나갔다.

옥상 문을 잠그자마자 아이들은 건물에 들어

온 것이 실수라는 것을 깨달았다. 도망칠 곳이 없었다. 잡히는 건 시간문제였다. 그때 채빈이 엄마를 떠올렸다. 엄마에게 도움을 청하자고 친구들에게 말했다. 그 아이들은 모두 한 번씩은 우리 집에 머문 적이 있었다. 가출을 한 상태였다는 것을 다 알고 있으면서도 엄마가 경찰이나 가족에게 연락을 하지 않았다는 것도 알고 있었다. 엄마는 10시 10분에 박공지붕에 도착했다. 일단 우리 집으로 가야 한다고 엄마는 말했다. 다른 아이들에게도 연락을 해서 우리 집으로 모이라고 전하라고 했다. 채빈이 다른 아이들에게 문자메시지를 발송했다. 집에 도착해 현관문만 잠가두면 어떻게든 아이들을 보호할 수 있을 것이라고 엄마는 생각했다.

엄마는 옥상 문에 귀를 가져다 댔다. 경찰의 발소리가 들렸다. 엄마는 주변을 두리번거렸다. 물탱크가 보였다. 아이들에게 손짓을 했다.

"저기로 가자. 다들, 빨리."

엄마가 먼저 물탱크 위로 올라갔다. 사다리를 타고 올라가는데 엄마의 운동화 한 짝이 벗겨져 박공지붕 위를 데굴데굴 굴러가다 멈췄다. 뒤축이

구겨져 있었다. 아이들이 엄마의 신발을 쳐다봤다.

"아줌마가 이따 주울게."

엄마는 사다리를 타고 올라오는 아이들 한 명, 한 명을 끌어올렸다. 물탱크 위에 납작 엎드려 있으라고, 어떤 소리가 들려도 절대로 고개를 들지 말라고 엄마는 말했다. 자기가 연락을 할 때까지 그 자리에 꼼짝 말고 있으라고 했다. 아이들은 고개를 끄덕였다. 엄마는 사다리를 타고 내려갔다. 신발을 줍기 위해 지붕 끄트머리로 걸어갔다. 채빈이 고개를 빼꼼 내밀어 엄마를 보았다. 엄마는 고개를 숙이라는 손짓을 했다. 채빈은 고개를 숙였다. 숨을 죽였다. 어, 하는 소리가 들렸다. 쿵 소리가 들렸다. 채빈은 고개를 들었다. 지붕을 내려다보았다. 아무도 보이지 않았다. 엄마의 운동화도 사라져 있었다. 채빈은 자리에서 일어났다. 사다리를 타고 내려가기 시작했다. 지붕에 발을 디뎠다. 균형을 잃지 않도록 조심하며 옥상 문을 향해 걸었다. 손잡이를 돌려보았다. 문은 여전히 잠겨 있었다. 운동화를 주우려다가 엄마가 미끄러졌고, 그래서 추락했을 것이라는 짐작을 채빈은 하지 못했다. 어리둥절해진 채로 지붕 위만 걸어 다녔다.

병원에서 채빈은 이 모든 이야기를 나에게 들려주었다고 했다. 응급실과 원무과를 오가며 수속을 밟고 있는 나의 뒤를 졸졸 따라다니며 채빈은 계속 말을 했다. 친구가 128화음 벨소리가 나오는 핸드폰을 샀단 말이야, 우리는 핸드폰 벨소리만 듣고 있었는데, 같은 말을. 경찰과 사장을 차례대로 만나고 나서야 내가 채빈을 쳐다보았다고 했다. 마치 아무 말도 들은 적이 없는 것처럼, 내가 채빈에게 물었다고 했다.

"집단 성관계를 했어?"

채빈은 답하지 않았다.

"경찰이 옥상에서 다투는 소리를 들었다고 했어."

채빈은 말하지 않았다.

"말을 하라고."

나는 말했다.

경찰은 진술서를 쓰면서, 집단 성관계에 대한

이야기를 삭제하는 대신 경찰이 먼저 폭행을 시작했다는 얘기도 삭제했다. 애초에 없었던 이야기를 지우기 위해 엄연한 사실도 지워야 한다는 거래가 채빈은 기가 막혔다. 채빈은 그 거래에 동의할 수 없었다. 친구들이 집단 성관계에 대한 누명을 써서도 안 되었다. 거래를 하지 않기 위해 채빈은 도망쳤다.

나는 다시 한번 그날의 기억을 뒤적였다. 엄마는 이송용 침대에 누운 채 이 층, 저 층을 오가며 여러 가지 검사를 받았다. 의사가 계속 바뀌었고 설명을 완벽하게 알아듣기 어려웠다. 의사의 설명을 메모하고 또 다른 검사실을 쫓아가고 할머니와 이모에게 전화를 해서 메모한 내용을 말해주고 엄마가 가입한 보험이 있는지 알아봤다. 정신을 바짝 차려야만 한다고 되뇌었다. 솟구치는 울음을 안간힘을 다해 참아내고 있었다. 채빈은 옆에서 계속 종알거렸다. 엄마 운동화가 벗겨졌는데 운동화가 사라졌다면서. 넋을 놓고 대기실에 앉아 있다가 나는 등받이에 상체를 기댔다. 병원 천장을 올려다보며 한숨을 쉬었다.

"조용히 좀 해봐."

나는 그때 채빈에게 말했다.

채빈이 벤치에 걸터앉았다. 옆자리를 손바닥으로 두드리며 옆에 앉으라는 신호를 했다. 나는 채빈의 옆에 앉았다. 천변에서 바람이 불어왔다. 별나는 바닥에 주저앉아 있었다. 혀를 내밀고 헥헥거렸다. 충분히 산책을 한 듯했다. 채빈이 별나에게 손을 뻗었다. 별나를 들었다. 별나의 가슴을 한쪽 어깨에 걸쳤다. 한 손은 별나의 등에 얹고, 다른 손으로는 별나의 엉덩이를 받쳤다.

"말하고 싶었고. 말 안 하고 싶었어. 언니가 물었잖아. 이런 마음을 원래 알고 있었느냐고. 이런 마음이 뭔지, 언니도 알길 바랐어."

채빈이 말했다.

채빈과 나는 집을 향해 걸었다. 채빈의 팔이 아파오면 내가 별나를 안았다. 내 팔이 아파오면 채빈이 별나를 안았다. 천변을 따라 불빛이 크리스마스처럼 켜져 있었다. 돗자리를 깔고 앉아 사람들은 맥주를 마셨다. 누군가 기타를 치며 노래를 부르고 있었다. 조깅을 하는 사람과 자전거를 탄 사람이 지나갔다. 부채를 든 사람이 지나갔다. 물은 검게 보였고, 그 위에 빛 조각들만 떠다녔다. 한적한 여름밤이었다. 한 걸음씩 걸을 때마다 내 발밑이 무너져 내렸다. 영원히 유나를 알아볼 수 없을 것 같았다.

채빈과 함께 별나의 발을 씻겼다. 별나의 젖은 발을 수건으로 닦아주면서 나는 채빈에게 유나에 대한 이야기를 들려주었다. 유나가 처음으로 발견된 보호소가 어떤 곳이었는지. 어째서 유나가 두 번이나 사라지게 되었는지. 임시 보호자와 간호사, 소장이 나에게 어떤 이야기를 들려줬는지. 보호소에서 만난 유나는 어떤 모습이었는지.

"유나도 데려올까?"

채빈이 말했다.

"걔가 유나든 아니든. 같이 살다 보면 알 수 있겠지."

"무엇을?"

"그게 상관이 있는지 없는지."

나는 드라이기를 꺼내 왔다. 별나의 발이 뽀송

뽀송해질 때까지 말려주었다.

"난 이제 우리가 가족 같아."

나는 중얼거렸다.

"오면 뭐라고 부르지? 계속 유나라고 불러야 할까?"

내가 물었다. 별나가 무엇인가를 물고 왔다. 채빈과 나의 앞에 내려놓았다. 별나가 먹다 남긴 우유껌이었다. 별나는 코끝으로 우유껌을 밀었다.

"우유라고 부를까?"

채빈이 말했다.

"그래. 별나가 이름을 지어줬네."

채빈과 나는 우유와 함께 살기 위해 필요한 것들을 적어나갔다. 밥그릇과 물그릇, 케널과 방석, 하네스와 리드줄. 많은 물건이 필요치는 않았다. 우유가 오면, 유나를 찾는 일은 그만둘 것이냐고 채빈이 물었다. 우유와 함께 살다가 유나를 찾게 된다면 어떻게 할 것이냐고도 물었다. 엄마가 어째서 현관문을 열어두었는지 이해되었다.

우리는 풋 밤을 꺼내 별나의 발바닥에 함께 발라주었다. 채빈이 앞발을, 내가 뒷발을 맡았다. 별나는 발을 만지면 용맹한 짐승처럼 으르렁거렸다.
더 용맹한 짐승처럼 채빈과 나도 으르렁거렸다.
계속해서 밤을 발랐다.

"닭들 말이야."

별나의 발바닥을 손가락으로 문지르며 나는 말
했다.

"이름이 뭐였어? 삐약이밖에 기억이 안 나."

채빈은 닭들의 이름을 하나씩 말해주기 시작했
다. 우리와 함께 살았던 모든 동물들, 그리고 우리
집에서 머물렀던 아이들의 이름을.

열린 현관문으로 들어오는 것들

김다솔

1. 얼음 조각의 온기

합정지구에서 열린 기획전 〈짐승에 이르기를〉은 반려 존재와 함께 거니는 평화로운 일상 이면에 무엇이 은폐되어 있는지를 질문한다. 거기에는 인지조차 되지 못한 채 비참한 삶 속으로 몰아넣어지는 짐승들이 있다. 인간만이 주체로 서는 사회를 떠받들고 있는 것은 이처럼 존중받지 못하는 생명들의 희생이다. 그중에서 강기석의 「꼭 움켜쥐다 스르르 놓았다Handling」는 반려가 된 짐승과 보호자로서의 인간의 관계에 대해 반문한다. 작품 속에서 쉽게 녹고 부서지는 얼음은 인간에 비해 짧은 생을 살아가는 유약한 반려동물의 상징이다. 활동가들은 햇빛과 다른 인간으로부터 얼음을 보호하려 분투하지만, 그 과정에서 오히려 얼음이 여러 조각으로 깨지게 되면서 당초의 목적을 배반하는 결과들이 생겨난다. 여기에는 짐승과 일방적인 관계를 맺으며 힘을 확보해온 인간에 대한 뼈아픈 통찰이 담겨 있다. 존재를 사물로 추상화하여 소유하고 파괴할 수 있는 권리마저 승인하는 그 힘에 의해 인간 아닌 종들은 짐승으로 격하되고, 그중에서도 인간 사회로 편입된 존재만이 미량의 권리를 부여받으며 동물이 되었다. 그러나 존재란 애초에 단일한 형상에 붙잡힐 수 없는 것이다. 그래서 모두가 떠난 자리에 남아 있는 얼음 조각들은 닿을 수 없는 짐승들의 실재에 대한 은유이다.

인류세 속에서 등장한 팬데믹과 기후 위기 등은 오히려 인간이 비인간 행위자들의 역량을 바로 보는 계기가 되었다. 특히 인간과 오랜 공존의 역사를 구축해온 동물로의 전회animal turn는 중요한 화두 중 하나다. 인간 아닌 생명을 경시할 때 인간 역시도 생존할 수 없다는 전제는 이미 자명해졌다. 인간만이 행위자가 아니게 된 이 시대에 우리는 이제 살아남기 위해 지금까지와는 다른 세계를 구축해야 한다. 이러한 문제의식 속에서 강기석의 전시를 다시금 세심히 살펴보면, 성찰을 딛고 발돋움하는 무언가를 발견할 수 있다. 얼음을 진중히 보호하던 인간들의 태도는 갈수록 장난스러워지다가, 마지막에는 얼음과 함께하는 일종의 놀이를 즐기는 방향으로 바뀐다. 그렇게 절망스러웠던 상호성은 유희를 즐기는 새로운 관계성으로 옮겨간다.* 게다가 이 낯선 관계성은 관객들에게까지 확장된다. 활동가들이 지켜보는 이들의 손이나 발 등 위에 얼음 조각을 올려놓으면서 그들 역시 함께 젖어가도록 이끌기 때문이다. 얼음이 접촉한 자리에서 느껴지는 첫 감각은 서늘할 테지만, 이윽고 신체의 열기와 만나 색다른 온기로 들어차게

* 정희영 외, 『짐승에 이르기를』, 합정지구, 2021, 33-40쪽.

될 것이다. 만질 수 없는 실재를 떠올리게 하는 이 생경한 온기를 느낄 때, 우리는 새로운 상상에 이를 수 있을지도 모른다.

그러므로 유사한 감각을 불러일으키는 듯한 임솔아의 『짐승처럼』은, 단언컨대 관계에 관한 이야기다. 더 구체적으로는 불가능해 보이는 관계에 다가서려는 시도라고도 말해볼 수 있겠다. '예빈'의 시선에서 진행되는 소설의 한쪽에는 엄마의 죽음에 대해 서로 다른 기억을 가진 예빈과 '채빈'이 있다. 어린 나이에 아이를 낳은 엄마의 사정 때문에 각각 다섯 살과 일곱 살이 되어서야 처음 만났던 둘은, 유기견 '별나'와 반려가 되어가는 경험과 더불어 별나를 출산한 유기견 '유나'를 찾는 여정을 함께 거치며 비로소 가족이 되었다고 느낀다. 이때 변화되는 관계성에는 인간뿐 아니라 비인간들까지 함께 행위자로서 속해 있다. 그래서 소설의 다른 한쪽은 유나와 별나를 비롯한 많은 짐승들의 영역이다.

임솔아는 지금까지 동물과 인간의 공존을 꾸준히 구체화해온 작가다. 시의성을 감안하더라도 그의 소설이 유독 돋보이는 건, 공존의 이상적인 측면뿐 아니라 미묘한 불협화음마저도 함께 부감하는 특유의 기민함 덕분일 것이다. 그 바탕에는 인간이 비인간과 나란히 행위자로 묶이기 위해서는 엄연히 존재하고 있는 종차별적 불평등까지 함께 고려되어야 한다는 경각심이 있다. 그래서 임솔아에게 인간은 『최선의 삶』(문학동네, 2015)에서와 같이 투어 혹은 개처럼 살아가는 "짐승"(161쪽)인 동시에 초파리를 소중하게 여기면서도 마음먹은 대로 죽일 수 있는 권력자다.(『아무것도 아니라고 잘라 말하기』, 문학과지성사, 2021) 그리고 더 적실해진 고찰과 함께 우리 곁에 선 『짐승처럼』에는 인간에 의해 스러져 가면서도 온전히 속박되지 않고 약동하는 짐승의 생명이 있다. 이러한 임솔아 식의 공생은 차등까지 모조리 끌어안아야 하기에 위태롭지만, 그렇기에 현실을 끈질기게 붙잡고 늘어지는 힘이 있다. 이 힘을 되새기며 『짐승처럼』은 인간이 스스로를 제명시킨 짐승이라는 심연에 한 발을 내디뎌보는 중이다. 얼음 조각의 잔흔에서 느껴지는 어떤 온기를 되새기면서.

2. 해석하는 인간과 고립된 애원

국가와 법의 이름으로 행해지는 절차의 배후에는 더 큰 힘을 지닌 인간이 더 작은 힘을 지닌 존재들을 제압하기 위해 해석해온 역사와 더불어 자본이 있다. 어떤 존재를 '살게 만들거나 죽게 내버려두는' 생명권력에 기반한 생명정치에서는 효율성과 생산성이라는 자본 가치를 절대적인 기준으로 삼아 안과 밖이 나뉜다. 이에 어떤 생명은 살 가치를 인정받아 내부에 편입되지만, 여타의 존재들은 바깥으로 내쫓긴다. 동물과 짐승, 인간과 동물, 나아가 인간과 인간 사이에는 이처럼 비가시적이지만 분명히 감지되는 견고한 선이 있다.

그중에서도 언어는 인간이 자의적인 해석을 통해 포섭과 배제를 실행하는 가장 중요한 도구다. 그래서 소설에서는 '말'의 위력이 부단히 강조된다. 이모와 이모부에게 길러지다가 갑자기 예빈과 엄마와 살게 되었을 때, 엄마에게 침묵으로 일관하던 채빈은 '삐약이'의 이름을 짓고 부르기 위해 말을 한다. 인간이 "무엇인가를 원"(42쪽)하는 방식인 말에는 개인의 욕망과 관점이 섞이기 마련이기에 대상을 멋대로 번역할 위험이 있다. 그리고 여기, 내부 세계에서 낙오되지 않기 위해 자신을 꾸며내거나 타인과 경합을 벌일 수밖에 없는 여성들이 있다. 예빈은 다른 일까지 떠맡을 수 있을 정도로 유능했음에도 언제나 배제를 절감해왔다. 이직한 회사에서는 사수의 조언과 자신의 지침대로 내부의 어느 라인과도 손잡지 않았으나, 사람들이 "믿어서가 아니라 필요하기 때문에 손을 내밀고 잡는다는 자명한 사실"(74쪽)을 몰랐기에 도태되어 프리랜서로 전향한다. 채빈은 그날 밤의 일을 겪고서 집을 나가 휴대폰 액세서리 업체에서 영업 일을 하게 되었지만 다른 업체와의 경쟁을 위해 존엄성을 내버려야 했다. 성희롱처럼 "모욕적인 일을 당해도 유쾌함을 유지하며 동시에 다정해야만 했"기에 채빈은 어린 시절과는 달리 "요즘 세상에 보기 드문 젊은이"(62쪽)를 연기한다. 중국인 유학생이라는 이유로 무개념이라고 지탄당하고 '바퀴벌레'를 먹느냐는 질문을 받는 임시 보호자, 피부관리숍에서 일하다가 보호소를 차렸으나 맹

렬한 비난의 대상이 된 소장. 지자체의 규칙에 환멸을 느껴 다니던 병원과 소장의 보호소를 연계하고 실직 위기에 처한 간호사의 사정 역시 크게 다르지 않다.

그렇기에 말들의 경합은 사실상 신자유주의 사회에서 살아남기 위한 인간들의 울부짖음처럼 들린다. 각자의 고립된 애원은 진심을 털어놓지 못하는 비틀림 속에 삼켜지거나, 가까스로 전달될 때조차 끝없이 왜곡된다. "나는 오직 나의 편"(75쪽)이라고 다짐해온 예빈은 사실은 채빈을 용서하고 싶어서 간절히 기다렸다고 솔직히 말하지 못하고 오히려 채빈이 죄책감을 느낄 만한 상황을 계속 만든다. 모든 게 바뀐 채빈은 유년기에 '우리 집'을 한순간에 상실한 자신과 달리, 엄마와 '이미' 가족인 채였던 예빈의 눈치와 무시를 견디기 위해 사용하던 "언니, 화났어?"(27;36;60쪽)라는 말만을 "자신의 언어"(66쪽)로 남겨두었다. 그렇기에 둘은 서로의 속내를 알 수 없다. 채빈 때문에 누군가의 손을 잡지 못하게 되었다고 믿는 예빈과, 엄마가 죽은 밤에 공권력과 여관 사장뿐 아니라 그들의 해석에 기대 자신을 보던 예빈에게서도 도망쳐야 했던 채빈은 이처럼 자신을 지키기 위해 서로 진심을 숨겨왔다.

유나의 실종을 두고 벌어진 SNS상에서의 논쟁도 마찬가지이다. "절대로 동물들을 죽지 않게 하겠다"(103쪽)는 원칙 하나만을 고수해온 소장에게는 다른 얼굴이 감추어져 있었다. 그녀는 어린 강아지가 폐렴에 걸릴 위험을 감수하면서까지 사진을 찍거나, 제대로 된 절차 없이 입양 보냈다. 또한 이름표만 바꿔치기하여 실종된 유나를 다른 강아지로 대체하기도 했다. 일련의 사건들은 "소장님이 절차를 제대로 밟았더라면, 일어나지 않았을 일"(105쪽)이지만, "그래서 생존율이 90퍼센트 이상"(106쪽)인 현실을 적나라하게 보여준다. 임시 보호자 또한 중국인이자 정상 가족 범주에 들지 못하는 "혼자 사는 미혼 여성"(91쪽)인 자신에게 동물을 맡겨주는 이가 소장밖에 없었다고 털어놓으면서도 유나의 실종 이후 쏟아지는 질타 속에서 사실 모든 것이 소장의 탓이었다고 주장한다. 그 후 사람들은 유나에 대해 말하지 않고 싸우기만 한다.

사람들은 어째서 끊임없는 싸움만을 반복하는 것일까. 여기서 보호한다는 이유로 일부 짐승을 동물로 만든 인간의 민낯이 드러난다. 그들에게 동물보다 더 중요한 건 돌볼 수 있는 인간으로서의 권력이다. 엄마, 언니, 보호자로 자칭하는 인간들은 절차에 맞춰 돌봄을 수행할 때 생존할 수 있는 명예와 지위, 그리고 무엇보다도 자본 획득에 가까워질 수 있다는 걸 안다. 동물과 아이들을 돌보며 교회에서 입지를 굳혀갔던 엄마, 동물들을 위해서라고 말하지만 폐업 위기를 면해야 하는 소장과 커뮤니티로부터 도태되지 않길 바라는 임시 보호자처럼 말이다. 그렇기에 마지막으로 목격된 장난기 넘치는 표정의 아이는 유나가 될 수 없다. "구석에 웅크리고 앉아 고개를 푹 숙"(11쪽)인 불쌍한 존재가 아니기 때문이다. 마찬가지로 '쌍가마' 같은 개성이 소거되고 유명인의 이름과 사례금만이 강조된 실종 전단지는 "광고 포스터"(86쪽)와 다르지 않다. 간호사의 말대로 보호소가 "죽이고, 죽이고, 또 죽"이는 생명정치의 관행을 "지자체의 규칙"(102쪽)으로 합리화할 때, 그 배후에는 '어차피 죽을 생명'을 구분하는 '지원금'의 만성 부족이 있다. 생명의 가치를 틀어쥔 건 이토록 견고한 자본의 벽이다.

그러나 소설이 진정으로 묻고자 하는 것은, 절차의 준수 여부가 아니라 절차 자체의 정당성이다. 지자체 보호소가 절차에 따라 동물을 안락사시키는 일에는 누구도 이의를 제기하지 않는다. 여기에는 사회를 위해 누군가 반드시 죽어야만 한다는 질서에 동의하는 인간들의 예속적 생산성이 반영되어 있다. 간호사가 "유나의 생존 확률은 어느 쪽이 더 높을까요? 안일까요, 밖일까요?"(107쪽)라고 질문할 때, 우리는 쉽사리 대답할 수 없다. 소설에서 언급되는 영화「소피의 선택」이 주는 교훈처럼 생명을 간단없이 제거할 수 있는 규범이 존속하는 한 일부의 목숨만을 살리는 선택은 무의미할 뿐이라는 걸 알고 있기 때문이다.

3. 짐승처럼 조우하기

질서를 묵인하고 나와 소수만을 보호하는 태도는 다른 이의 죽음에 동조하는 행위이며, 어떤 생명들이 사몰될 때 연결된 나의 존재마저 위태로워진다. 이 원리들이 중요해진 이상 인간다운 삶이란 기존의 규율을 정지시키면서 짐승의 삶에 주의를 기울여야만 가능하다. 그렇기에 인간이 배워야할 것은 불균형하게 자라나는 별나의 몸처럼 관계역시 "비뚤비뚤"(72쪽)하게 성장한다는 사실이다. "누군가를 꼭 끌어안는다는 것을 누군가와의 이별로 여기"(24쪽)고 처음 보는 것들은 "무작정 좋아했"(97쪽)던 별나를 보면서 예빈과 채빈은 지켜야 할 것들의 범주를 넓혀나간다. 이때 이들은 조우하려는 짐승의 방식을 떠올린다. 짐승은 인간과 달리 정해진 방식으로만 교류하지 않는다. 그들은 대상의 다양한 면에 기쁘게 조우한다.

특히 '삐약이'와 그림자처럼 붙어 다닌 개 '똘이'를 비롯해서 채빈이 모든 짐승들과 함께 지냈던 방식이야말로 조우에 가까울 테다. 가족이란 주어지는 게 아니라 살을 맞대고 함께 살아가며 구성 된다는 걸 느끼면서 채빈은 비로소 예빈과 엄마 를 가족으로 받아들인다. 그들을 존재 그대로 감 각하며 "나는 짐승처럼 살겠지 했어."(48쪽)라고 말하던 채빈은 그래서 유독 짐승과 친밀한 인물이 다. 이제 조심스럽게 인간은 짐승에 겹쳐진다. 소 설의 첫 장면에서 유나는 "집 없이 떠도는 아이들" (13쪽)로 묘사되어 마치 가출한 인간 아이와 구분 할 수 없게 닮아 있다. 길에서 동물들을 데려오던 채빈이 이후에는 여러 인간 아이들과 유사한 만남 을 반복하는 것도 인간과 짐승을 만나게 하는 지 점이다. 존재를 온전히 받아들이는 관계에서 인간 과 짐승은 분별할 수 없을 만큼 가까워져 있다.

그러나 대상의 총체와 만나기 위해서는 화합뿐 만 아니라 통제할 수 없는 불확실한 미래에 나를 내던져야 하는 불안까지도 견뎌내야 한다. 『짐승 처럼』이 짐승과 인간의 낙관적인 전망만을 말하 지 않는 이유는 바로 그 때문이다. 별나, 채빈과 가 족이 되어가며 "오랫동안 원해왔던 삶이 시작된 것 같"(78쪽)았던 예빈의 생각과 달리 관계는 매우 복합적이다. 먼저, 짐승들에게는 교감할 수 있는 면 외에도 인간의 관점에서 받아들이기 힘든 부분들이 나란히 있다. 암컷을 두고 투계장을 방불케 할 정도로 혈투를 벌이는 닭들의 서열 사회와 자신이 낳은 새끼를 다 잡아먹는 구피의 습성처럼. 또한 서사의 후반부에 이를수록 예빈이 깨닫게 되는 관계의 이중성 역시 행복이란 부분에 불과하다는 걸 알려준다. 털의 색과 나이 그리고 혈통에 대한 사람들의 차별, "동물보호법은 반려동물에만 해당하기 때문"(119쪽)에 얼마나 학대당하든 인간이 만든 이름표에 속박되어야만 살 수 있는 동물들과 "동물보호소라고 하면 개랑 고양이만 생각"(120쪽)하는 사회 속에서 보호의 대상에도 들지 못하는 짐승들. 사랑하고 원했기에 데려와 돌보았으나 "모두 얼마 못 가 죽"(44쪽)어버린 수많은 존재들. 이처럼 인간과 짐승 사이에는 쉽게 뛰어넘을 수 없는 어떤 차이가 분명히 있다.

그럼에도 소설이 엇갈림보다는 어떻게든 조우하려는 인물들의 노력을 더 눈여겨보고 있다는데 주목해보면 어떨까. 조우해보았기에 어떤 노력이 필요한지를 알고 있었던 채빈은 점차 곁을 좁혀왔지만, 결국 "별나를 사랑하지 않기 위한 노력"(71쪽)을 포기하고 유나도 데려오길 권한다. 채빈이 데려온 아이들을 외면하고, 다른 이의 고통에 눈감으며 엄마에게 집에 남겠다고 말했던 마지막 순간을 후회해온 예빈은 별나와 서로 돌보는 관계를 이루며 변해간다. 또한 예빈은 소장과의 대화 끝에 유나를 알아볼 수 없었다는 걸 인정한다. 이 쓰라린 무지의 수용은 관점을 진실로 만들려는 이들과 달리 존재의 불가해한 측면을 겸허히 인정하는 태도다. 그렇기에 이는 견고한 인간중심주의의 지반이 무너져 내리는 사건인 동시에 짐승에 가까워지는 조건이다. 예빈은 다른 존재의 고통에 책임이 있다는 진실을 대면한 채 기억의 공백을 메우기 위해 채빈을 비롯한 인간들의 이야기를 듣고, 동물들의 관점까지 수용하는 삶의 자세를 가꿔나간다. 전혀 모르던 엄마의 모습을 채빈에게 듣는 예빈과 속마음을 조금씩 털어놓는 채빈은 서로의 관점을 보듬는다. 비언어적으로 교감하는 짐승들과 완연히 같아질 순 없겠지만 시선을 거듭

보태며 인간의 언어가 가진 빈틈을 최대한 메워보려는 것이다.

이를 실천하는 마음은 "자기가 밤새 기다린 게 병아리들이 죽는 순간"(109쪽)이었다는 걸 경험한 엄마, 짐승처럼 살겠다던 채빈. 그리고 "삐약이가 죽었는데 마음이 아무렇지도 않다는 게 끔찍해서 터진 울음"(41쪽)을 기억하는 예빈에게 이미 내재해 있던 것이다. 이 마음들은 웅크린 유나의 사진을 찍은 임시 보호자나 자기만이 유나를 알아볼 수 있다고 말하던 소장, 불쌍한 동물들을 도와달라는 말만 외치는 간호사와 달리 짐승의 관점을 소거하지 않는다. 이때 채빈과 예빈이 알게 된 "이런 마음"(78;136쪽)의 의미가 드러난다. "강렬하게 원한다는 것"은 관계의 양가성을 모두 받아들여야 하는 "지긋지긋한 일"이지만, 그래도 "무엇도 원하지 않는 마음"(55쪽)을 선택할 수는 없다는 것.

우유가 오면, 유나를 찾는 일은 그만둘 것이냐고 채빈이 물었다. 우유와 함께 살다가 유나를 찾

게 된다면 어떻게 할 것이냐고도 물었다. 엄마가
어째서 현관문을 열어두었는지 이해되었다.

우리는 풋 밤을 꺼내 별나의 발바닥에 함께 발
라주었다. 채빈이 앞발을, 내가 뒷발을 맡았다.
별나는 발을 만지면 용맹한 짐승처럼 으르렁거렸
다. 더 용맹한 짐승처럼 채빈과 나도 으르렁거렸
다. 계속해서 밤을 발랐다.

"닭들 말이야."

별나의 발바닥을 손가락으로 문지르며 나는 말
했다.

"이름이 뭐였어? 삐약이밖에 기억이 안 나."

채빈은 닭들의 이름을 하나씩 말해주기 시작했
다. 우리와 함께 살았던 모든 동물들, 그리고 우리
집에서 머물렀던 아이들의 이름을. (138-139쪽)

이제 예빈은 안다. 엄마가 현관문을 열어두었
던 이유를. 어떤 존재든지 자유롭게 드나들 수 있
는 "배급소나 쉼터"(48쪽)를 만들고 싶었던 그 마
음을. 그래서 예빈은 비로소 채빈에게 "난 이제 우
리가 가족 같아."(138쪽)라는 말을 건넨다. '그' 유나여야만 했던 인간의 마음은, 별나가 명명한 '우유'여도 상관없는 짐승의 마음으로 변해간다. 그리하여 함께 살았던 모든 동물들과 아이들의 이름을 되짚어보는 서사가 지루한 긴 얘기에서 짐승들에게 고유함을 돌려주는 과정이 되는 결말은 퍽 벅차다. 이제 예빈과 채빈의 앞에는 본 적 없었던 관계가 기다리고 있으리라. 그래서 자매는 별나를 따라서 기꺼이 "더 용맹한 짐승처럼"(139쪽) 으르렁거린다. 현관문을 열어두는 마음으로, 다른 존재들과 한사코 얽히겠다는 다짐으로. 임솔아는 '이런 마음'으로 현관문을 열어둔 채 기다리고 있다. 우리가 조우하게 될 반려동물과 수많은 길 위의 아이들을. 그리고 짐승처럼 다가와줄 당신을.

작가의 말

베타 한 마리와 함께 산 적이 있다. 나는 그 베타
에게 이름을 붙여주지 않았는데, 이름을 부른다는
것이 너무 인간의 방식 같다는 생각 때문이었다.
이름이 있고 없고가 우리 둘은 전혀 상관없었다.
말을 걸고 싶어지면 어항에 다가가 베타를 바라보
면 되었다.

베타가 죽고 난 뒤부터 난감한 기분이 들기 시
작했다. 종종 생각이 났고, 그리웠고, 그러면 이상
하게도 이름을 부르고 싶었다. 부를 이름이 없다
는 걸 알아챌 때마다 손잡이가 없는 문 앞에 서 있
는 것처럼 막막해졌다. 하지만 죽고 난 뒤에 이름

을 붙일 수는 없는 노릇이었다.

혹시 내가 잘못했을까. 베타에게 이름을 붙여주지 않은 것이 가끔은 후회되었고, 후회하는 마음을 또 가끔은 후회하였다.

이 후회조차 너무 인간의 방식이라는 생각 속에서 이 소설을 썼다. 이 소설을 쓰는 내내 우리 집 강아지가 책상 아래에서 내 발가락을 핥아주다 잠들곤 했다.

이 소설은 애석하게도 인간의 언어로 꽉 차 있어서 인간동물만 읽을 테지만, 비인간동물들에게 고맙다는 말과 미안하다는 말을 적어둔다.

짐승처럼

지은이 임솔아
펴낸이 김영정

초판 1쇄 펴낸날 2023년 6월 25일

펴낸곳 (주)현대문학
등록번호 제1-452호
주소 06532 서울시 서초구 신반포로 321(잠원동, 미래엔)
전화 02-2017-0280
팩스 02-516-5433
홈페이지 www.hdmh.co.kr

ISBN 979-11-6790-202-3 04810
       978-89-7275-889-1 (세트)

* 책값은 뒤표지에 있습니다.

현대문학 핀 시리즈 소설선

001	편혜영	죽은 자로 하여금
002	박형서	당신의 노후
003	김경욱	거울 보는 남자
004	윤성희	첫 문장
005	이기호	목양면 방화 사건 전말기—욥기 43장
006	정이현	알지 못하는 모든 신들에게
007	정용준	유령
008	김금희	나의 사랑, 매기
009	김성중	이슬라
010	손보미	우연의 신
011	백수린	친애하고, 친애하는
012	최은미	어제는 봄
013	김인숙	벚꽃의 우주
014	이혜경	기억의 습지
015	임철우	돌담에 속삭이는
016	최 윤	파란대문
017	이승우	캉탕
018	하성란	크리스마스캐럴
019	임 현	당신과 다른 나
020	정지돈	야간 경비원의 일기
021	박민정	서독 이모
022	최정화	메모리 익스체인지
023	김엄지	폭죽무덤
024	김혜진	불과 나의 자서전
025	이영도	시하와 칸타의 장—마트 이야기
026	듀 나	아르카디아에도 나는 있었다
027	조 현	나, 이페머러의 수호자
028	백민석	플라스틱맨
029	김희선	죽음이 너희를 갈라놓을 때까지
030	최제훈	단지 살인마
031	정소현	가해자들
032	서유미	우리가 잃어버린 것
033	최진영	내가 되는 꿈
034	구병모	바늘과 가죽의 시詩
035	김미월	일주일의 세계
036	윤고은	도서관 런웨이